Z 紫地丁文丛

塞　壬著

下落不明的生活

广东省出版集团
花城出版社

图书在版编目（CIP）数据

下落不明的生活 / 塞壬著. 一广州：花城出版社，
2008.12
（紫地丁文丛）
ISBN 978-7-5360-5384-7

Ⅰ. 下… Ⅱ. 塞… Ⅲ. 散文－作品集－中国－当代
Ⅳ. I267

中国版本图书馆 CIP 数据核字（2008）第 097686 号

责任编辑：林贤治　胡雅莉
技术编辑：易　平
装帧设计：林露茜

出版发行	花城出版社
	（广州市环市东路水荫路 11 号）
经　　销	全国新华书店
印　　刷	广东广彩印务有限公司
	（广东省佛山市南海区盐步河东中心路）
开　　本	880×1230（毫米）　32 开
印　　张	6.5　1 插页
字　　数	130,000 字
版　　次	2008 年 12 月第 1 版　2008 年 12 月第 1 次印刷
定　　价	15.00 元

如发现印装质量问题，请直接与印刷厂联系调换。
购书热线：020－37604658　37602819
欢迎登陆花城出版社网站：http://www.fcph.com.cn

序《紫地丁文丛》

林贤治

大地养育生命，也养育了文学。

文学与大地的联系，可以从先民的关于劳动、游戏、节庆和祭神活动的文字记载中看出来。其中，生命直觉，生命力，生命状态的表现特别生动而鲜明。后来，文学几乎为官方和专业文人所垄断。当文学被供进廊庙和象牙之塔以后，生存意识日渐淡薄，人生中的辛劳、挣扎、抵抗、忍耐与坚持不见了，多出了瞒和骗，为生存的紧迫性所激发的喜怒哀乐，也被有闲阶级的嬉玩，或无动于衷的技巧处理所代替。文学的根系一旦遭到破坏，枝叶枯萎，花果凋零是必然的事。

写作的专业化促进了文学的发展，但也因此产生了异化。要使文学保持活力，除非作家在与大地的联系方面获得高度的自觉。文学革命往往发生在社会的转型期，不是没有因由的。由于周围的梗阻和痛楚加剧，对于作家来说，不可能不构成某种压力和刺激，为此，他们真切地感知到了大地的存在。这时的文学，是富于生活实感的文学，是郁勃的文学，突围的文学，力的文学。可是，当社会变动渐渐趋于平复时，寄生的、浮靡的、伶俐乖巧的作家就又随之滋生繁衍起来了。

上个世纪七十年代末，中国文学出现了一个带根本性的变化，

1

就是部分蜕去意识形态的硬壳，而重返大地之上。至八十年代中期，无论韵文或散文，几乎同时开始了新的畸变。文体的细化，对于文学创作实践来说，本来便没有什么好处。就以散文论，粗分是虚构和非虚构两大类；倘从后者特意划出"艺术散文"或"美文"之类加以培植，难免流于狭窄和荏弱，全然不见自由的大精神。有人标榜所谓"大散文"，恰恰不是从精神的要求出发，惟是依赖题材，有一类"文化散文"，就是这样应运而生的。这类散文，缀连文史掌故，发掘废墟故址，把时空距离尽量拉大，在"陌生化"的途中，变着戏法贩卖陈腐的帝王思想和臣仆思想（在这方面，尤以电影电视界为甚）。还有描叙不同地域不同民俗者，食也文化，色也文化，实际上与消费主义时尚合流。此外，就是追求形式上的"大"，篇幅冗长，结构庞杂，文风铺张夸诞。总之，"大散文"的病根，盖在于脱离大地，脱离底层，脱离实际生活，以致失去痛觉。

　　本丛书所编为非虚构散文，广义的散文，不拘记叙、抒情、议论，不限文章、日记、书信，重要的是同大地的关联。这其中，有泥土的沉重、朴实、芳香与苦涩，有水的柔润，也有干旱及焦渴。地丁是一种野草，地丁是"地之子"，开紫花者为紫花地丁。紫色，是血的深红外加了幽黯的颜色，可以看作是一种身份或品质。紫花地丁原产中国，具本土性，民间性，全草入药，是古来草野小民常用的疗治诸疮肿痛的良药。矜贵的君子固然大可以卑贱视之，但似乎这也并不怎么妨碍它的生长，自然也不妨碍对它的利用。这里拿来做丛书的名目，用意在强调它的野性，与大地的联系；究其本义，简括一点说，也就是为人生罢。

　　是为序。

目　录

1

第五辑：给塞王，给朋友

第一辑
下落不明的生活

下落不明的生活

　　我时常在某一时刻中突然停顿。就像现在。我开始审视自己，审视刚刚所想、所做的一切：明天，我又将去另一个城市。我对自己充满疑惑，像是凝视一个异类。是的，我急切地想为自己冠以一种意义。五年来，我游荡在南方，漂泊，不断地迁徙，从一个地方到另一个地方，从那一段时光过渡到这一段时光，而后来的一段时光我将会在哪里，谁也不知道。一种来历不明的生活，一种惯常遭遇陌生气息的生活，这种陌生，是一种真切的隔离，它永远地没有彼岸。我不止一次地听到很多人对我生活的羡慕，他们带着一种花花公子的微笑："哦，流浪，你是说流浪是吗？这太浪漫了，充满着奇遇和激情对吗？"疲惫再一次袭过来，睡意，在门背后，来不及脱下长统靴，我就佝偻着身子弯下来。

　　行李，是一个伤感的名词。它意味着告别和离开，意味着一个事件的终结，而另一种未知的开始。被子、衣物都折叠好，平整地放进两个行李箱。无须为了出行而特别地去将它们洗干净，我喜欢它们有点脏，有点暧昧的那种气息。那个蓝色的窗帘就不要了吧，它褪色得厉害，变成了一种暗暗的灰白。信用卡、首饰，爱人的礼物则塞在行李箱内侧的暗袋里，我唯一的可以放宝贝的地方，一放进去，心就踏实了。日用品、化妆品、书刊杂志我放进双肩带的旅行袋里，记得要把口红拿出来随身携带，书，我还是扔了很多，每一次收拾行李，我都感叹，其实我是一个多么不爱书的人。三件，我所有的家当，它们孤独地摆在房中间，竟散发出一种单薄、孱弱的气味。照见了那个人，薄薄的命运。再没有比行李更加相依为命的东西了。它是灵魂的拖影。

　　我的猫跑了，它准时地跑了。就在前几天。它一定是闻到了那种气味。

　　去旧货市场卖掉床、木沙发、电脑桌、写字台、茶几、椅子、电视、还有炉具和炊具，包括塑料桶、咖啡壶和长颈花瓶以及一盆仙人球。就这几样，它们清澈如水，照见我简单、干净的生活，甚至是细节，它们都纤毫毕现。它们摊放在旧货店门口，但眼睛依然看着我，很怨毒地。我立即把脸别过去，但还是能感觉到那锥人的芒刺。卖旧货的地方总是很阴暗，有股受潮的霉味，它们是从里屋的旧床板、破沙发的腿、倾斜并满是灰尘的旧梳妆台的抽屉散发出来的，老板一律长着一双鹰一般的精亮眼睛，它能一下子看到我的内心：这些我是必卖无疑的。以低得出奇的价格收走了我的东西，递过来一叠旧而脏的纸钞。他们一宗一宗地把它们搬到那发霉的里屋，我感到它们投向我的最后的凶狠一瞥细瘦下去，然后沉在无边的阴暗里。卖了这么多次，为什么每一次都一模一样？我还得打一个长途电话，电脑，要先托运到我要去的地方，打给那个地方的朋友，叫他替我签收。

　　一直以来，我是一个没有地址的人。太多的信函被退回到邮寄者的手中，当我辗转收到邮件，我看到邮件左上侧粘贴着小纸条，查无此人那一栏中，用圆珠笔打着一个勾勾。查无此人，这不祥的气息暗合着我下落不明的宿命。我记不清到底用了多少手机号，移动的、联通的，动感地带、神州行、全球通、大众卡、如意卡、南粤卡，谁是从头到尾地了解我手机号变更的人呢？我最亲的人，老父亲，五年了，他满头白发了吧？我如此频繁地变更，他为此担了多少心？每一次变更，我真是害怕告诉他。还有我唯一的爱人，他的手机卡不断地变化着那个女人的号码，生活的艰难，他为我在暗地里做了多少次祈祷？担心着我是不是又瘦了？再看看那些花花绿绿的信用卡，它们真好看，建行的、农行的、工行的、交行的、招行的、光大银行的、商业银行的，农村信合的，它们来自南方各个城市，来自某段事件的细节，我无法一一记起。当我面对它们，这忠实的目击者，这隐秘但又灼灼发光的东西，立即呈现出过往经历的痕迹：每一笔钱的由来，清晰，不忍细辨。去客户那里收款；向朋友借钱垫付费用；艰难的报销；转账……这里边有多少不忍再提的辛酸！几百块、一千块、两千块，拿在手里，它们那么重，仿佛凝聚着我全身的力量。我总是一拿到钱，就在离自己最近的银行存上，这样，这笔钱才真正归我。

打开名片夹，我竟然从事过七种职业，记者、编辑、业务代表、文案策划、品牌经理、区域经理、市场总监，跨了五个行业，新闻、地产、化妆品、家电、珠宝，我从来就不知道我会进入这些行业，更不知道我还会去干些什么。五年，我倦于梳理过往的人和事，这些纷繁的名片让我看到，我是一个没有目标的人，没有定位，没有规划，做人、写文章都是如此。它们散乱在那里，就像我散乱的流浪生涯，为什么我还保留着它们？我一张一张地看下去，就像是一寸一寸地摸着过往的那些时光和生命，我摸到了广州、东莞、深圳、中山、佛山……那些城区、街道、建筑、像流水一样流过的车、行色匆匆的人，还有纠结的公交线路图；我还摸到一个春天的午后、一个下着雨的清晨，还有那些悲伤的、孤独的、有施暴欲望的不安的心情，包括一场突然中断的性事，混和着汗味、精液味和莫名焦躁的情绪。我还摸到了一些人，摸到他们的面孔，他们的表情，他们的故事，还有那些短暂的友谊和无法澄清的误会和怨恨。我这才发现，原来我记不起一样快乐的事，是没有呢，还是我记性不好？那么多啊，我一宗一宗地摸过，它们荒凉，庞杂，却有一股新鲜的颓丧味道，陈旧的气味，却像油漆一样簇新浓烈，它们慢慢地涌出来，涌出来淹没我。最后我摸到了自己，我颤了一下，似乎是摸到了灵魂。它是瘦的，几根扎手的骨头，我还摸到了脏器，它们都是小小的。原来我就是拿这样的身子骨走南闯北的。

　　如果不对命运妥协，我就得一次次地离开，我的下落不明的生活将永远继续。这样的下落不明散发着一种落泊的气味。荒凉、单薄却有一种理直气壮的干净气质。信用卡里的钱干净，爱情干净，经历干净。这弯弯曲曲的地址：广州天河棠下西边大街西五巷之三靠北四楼，没有人能抵达我，我隐在治安不好的深处，被抢三次，被偷两次。印象最深的那次是一个人晚上回家，走在弄堂深处，一辆摩托车突然从身边疾驰而过，坐在后面的那个人拽走了我的皮包，我被拽倒在地上，被车拖了几米远，手肘铲得都是血。钱没了，手机没了，身份证没了，一种强烈的悲伤笼罩着我，就像笼罩着我的命运。我的爱人在灯光下细致地给我擦洗，他忍不住悲伤把我紧紧地抱在怀里，是的，那一刻我们的命运要连在一起，要变成一个人。他紧紧地贴着我，凶狠地，痛苦地进入我的身体，在黑夜里，我们狠狠地连在一起，沉下去，沉到更深的夜里，直奔死亡。

2005.9

南方没有四季

　　这城市几个月没下雨了。才阴冷了几天，气温就迅速上升到五月才有的晚春水平。干燥，一个静止的动词，皮肤在笑，阳光跟窗玻璃相撞的裂响。而我更倾向于将它与某些人的相处作为类比，有点硬，缺乏诗意。水的消失让我看到了速度，这样的速度露出贪婪的本质。而干燥继续，有点硬，缺乏诗意也在继续。在南方，我对气候更加敏感，漫长的湿热的夏季，我的腋下开始长出一片片无痛无痒的癣，它潮红，散发出一种古怪的气味，这种气味确立了我的识别系统。这癣，我毫无保留地传染给我相爱的男人。湿热、湿冷还有干燥，这三个关键词基本上描述出了南方的气候，冷暖、刮风下雨、阳光或者阴云密布，我的每一寸皮肤，每一个毛孔，它们都有隐蔽的、蓓蕾般的回应。类似于时间，一秒和另一秒之间的缝隙，那空洞的痛。

　　在南方，气候时常成为一个人去和留的理由，我理解为这是一个人的浮躁和脆弱。长期以来，热爱着这样的湿热、湿冷和干燥的人，他更热爱着南方独特的生存、搏击氛围，或者说，他是一个充满激情的人。我是在一个秋天来到南方的。当火车开进南方的地域，成片的香蕉园和密密的甘蔗林进入了视野，这典型的热带作物传递给我一种热烈的信息，它流遍全身，类似于一种光圈，它垂向我内心华彩的拱顶，它应和着我在大脑中搜索出多年前的那点地理知识，我想像到了充沛的雨水，芒果和荔枝的香气，四季都有开不败的鲜花，黑皮肤的、个头瘦小、窄额高颧的男人和女人，这多产的、温润而丰厚的地域。这样的想像充满一种很朴素的农业味。然而，我的无知很快就被证实了，当我走在广州的天河北，走进了中信广场，并成为那座大厦的一个工作者，那被遗忘的、可笑的地理想像，与现实理想甚至都来不及发生冲突，我就很快地适应了这南方的脉搏，呼吸以及它的节奏。那九月的燥热，被我初来南方的那种所谓的豪情和壮志所冲淡，比较顺利地拥有了一个曾经梦想的发挥空间，我几乎没有经历过许多人的那种水土不服的阶段。脸不但没有长痘，反而有一种奇妙的、很好看的红晕。一种被划开的光映照在我身上，我就像是沐浴在春天里。能吃、能睡，容光焕发且性欲旺盛。

　　漫长的湿热从四月一直延伸到九月。当生活和工作相对固定，当初来的激情也日趋平静，这样的湿热和已经惯性化的生活，让我的体内产生一种毒。我的腋下开始长出一大片的癣，头发也开始有了令人讨厌的头屑。午餐在公司吃，那些没有营养的盒饭在无奈中进入了身体，在愤愤的情绪中也许它报复成一种火气。茶是铁观音，那厚重的苦涩，我得靠它提神保持高度灵活的创作状态。通常，从上午九点到公司的那一刻起，我就开始犯困，它将折磨我一整天。空调的冷气总是很足，总监和老板的表情干燥。为了提案在竞标中夺标，无数的创意都被否定重头来过，没完没了的会议，反复地对照、类比、推翻再还原。广州的广告公司，加班是家常便饭，当耐性一旦被养成，我多了份无法戒掉的痞气。这样的痞，跟腋下的顽癣、层层头屑几乎同出一辙。

在广州，几乎一条不起眼的小巷子都会塞满着人。夜幕中，路灯下的站牌站满了等车的人。一天的劳累和疲惫都摊晾在那里，空气里是发酸的人的浊气。天空被一种无形的东西压得很低，沉闷，像被关在致密的铁皮笼里。挤上车，强烈的意念是赶快回到出租屋里。等下得车来，我的鼻尖总会有细密的汗珠，用纸巾去擦，舌头一舔，很咸很咸。

灯光下，我注视着那片潮红的癣，艳若桃花呀，头是天天洗，依然是痒得快发疯了，脱掉袜子，立即就闻到了淡淡的、酸酸的臭味。冲了凉，打开风扇吹头发，不敢摊开凉席在地上，我不止一次地看见有蜈蚣出入我的地板，只要它们一出现，夜间就会在我的梦中下起大雨，惯于城市的嘈杂，连炸雷我都没有听见。重重的潮气让人无精打采，晾在阳台的衣服几天都干不了，被子有种具有亲和力的霉味，而人，则一味地犯困。通常，在晴朗无风的夜里，那无法驱逐的热将我围住。睡眠，我盗汗、颧红，白带异常。早晨起来开口说话，声音嘶哑，喝半杯清水，再咳几声方能恢复。

漫无边际的湿热像头巨兽，我的状态一直半梦半醒。任何不耐烦，诅咒都没有用，我喝着一种南方独有的凉茶，用来消除眼膜的血丝。那不是茶，而是一种由二十四味中药熬成的苦汁，他们常年喝这种苦汁，用来抵御种种湿毒。一个诗人朋友告诉我，他将离开南方，因为实在无法忍受这可怕的湿热气候，漫长的半年，他无法工作，他在酒精和睡眠中消磨着自己，那样的消磨是危险的，是一种颓废的堕落。我不认为他是浮躁的，但应该是脆弱的，这种脆弱当然不是指屈服于这气候，而是南方这综合的大背景，这种场，对一个诗人的伤害。而湿热，如此应和着他内心的伤感和颓废。

我不知道，那种难以下口的苦汁和浓酽的铁观音，还有那没完没了的性欲，它们到底医治的是什么？它们撑着我，一个活着的人的状态。

　　湿热与湿冷之间，它们隔着干燥。应该说，只要天晴，南方的冬天是不冷的。湿冷，当然是冬日里下了雨，或者是一种过重的潮气入侵。在东莞，我曾一个人渡过了这样一个冬天。那时，我在东莞做一份地产的报纸，在那里，我一个熟人也没有，地产媒体的市场状况也是一无所知。对于这份工作，我心里没底，在一种未知的虚妄中，在一种绝对陌生的环境中，除了孤独，我还多了一份不安和一种隐约的恐慌。因为它关系到我来年开春时的工作状况。下雨了，气温一下子降下来，湿冷，是一种孤单，冰冷的骨头紧贴着肉。是一个人从外面回来，屋里的那种阴暗的冷清和死寂。是坏了的水管，它不断地滴水，点点滴在无眠的夜里。我还没有御寒的冬衣。

　　一个人走在莞城东路去女人街，行走，滞重而迟缓，我分明地感到，有了我的行走，莞城东路变得多么凄凉！雨水淋湿了我的头发和牛仔裤的裤脚，头发冰凉地贴在我的额－上，雨水流向我的脸，再流向我的脖子，一直到心里都是冰凉冰凉的。我居然买了件火红的呢上衣，和一条绣了鲜艳的花的宽脚棉裤。在那个湿冷的冬天里，这一套有着大胆颜色的冬装贴着心的伴随着我，它照亮了那一段生活的底色，那不仅仅是一种物理的温暖的需要，而是，它让我有着一种踏实和底气。那个冬天很快就过去了。

　　而辗转到深圳的今天，在冬天的艳阳里，我的头发被照得发出噼噼啪啪地响。去拜访客户归来，怀揣着签了单的合同，心里盘算着，这个月不挣钱了，我宁愿无所事事，堕落成一个舞文弄墨的人。就像那些快速消失的水一样，在这个干燥的冬日，让所有贪婪的人都称心如意吧，让我的皮肤，我的肉身，我的魂灵进入一种真正的滋润状态，我得解脱出来。

2005.1

南方的睡眠

　　在相当长的一段时间里，我不愿意工作，迷恋一种不省人事的昏睡。四季、白天、黑夜、时间和光，包括气息都变得微弱，变得模糊。具体意象就是，一种潮湿而昏黄的空间浸在黑夜的水里，无声无息。我沉沉睡去，我的骨头、皮肉、还有意志，它们跟棉被一样柔软。蒙头蜷在单床上，像是潜在更深的地底，所有的记忆、喜怒、身后的那些可知或不可知的事，它们都陷落。陷落，一直把睡眠推往更深的地方。

　　广州石牌的房子很密很深，那些巷子像迷宫一样，每一条都一模一样。阳光永远无法光顾，雨水也是。手机没有信号，电脑没有装宽带，不论白天黑夜都必须开着灯。一间不足十五平米的单房它醒目的只是空空的四壁，一张从杂货店买来的铁架子床仿佛从来就属于这里，写字桌是从二手家具店买的，老式的那种，有四只结实的腿，泛着旧照片一样的黄色。它很重，散发着沉闷的气质，上面放着我从太平洋电脑城淘来的低配置的台式机，还有水杯、镜子、梳子、搽脸的护肤液、旧报纸、杂志、苹果或者桔、方便面，它们全都扔在上面，仿佛放了很久，仿佛从来没有改变过姿势。白炽灯装在房间与厨房卫生间的交界处，为的是，一开灯，两边都能兼顾到。床的这边，光线是弱的，我惯于在床上阅读，那个夹在床架上的台灯，它投射出一种温暖的柔光，它照在淡蓝色的棉被上，照在对面的墙上，伴随着孤单的我，完成睡前的前奏。我时常环顾这狭小的空间，列数着可为的事情，除了打开电脑写作，或歪在床上看书，别无他为。睡眠，成了无法逃避的选择，无休无止，天昏地暗。除了我，四壁、床、桌子、电脑以及空间所有的一切都跟我一样，它们昏睡，疲软，仿佛从来如此，永远如此。尘埃见证一切。

致密的夜和孤独袭来，我无从抗拒，并放弃言说和表达，双目紧闭，双唇紧闭。我无需看见和倾听，无需光和色彩。我服从这黑夜的深水，紧抱着自己瘦小的肉身，向更深的深处沉下去。

这是一种更彻底的态度。把黑夜和孤独推向更深的黑夜和孤独，径直奔向坟墓。当我环顾我的四壁，从来没有产生过逃离的欲望，它如此契合我的意愿，我属于这里，从来都是。我可以化着浓妆去迪厅，去完成肉身的狂欢；我可以泡在酒吧里，直到凌晨时分摸回住所；我甚至可以找一个或多个的情人，成天周旋其间；不，我可以找份朝九晚五的工作，定时作息，我可以找到天底下最好的男人，然后相爱——还有更多的事，更好的目标和理想，多少时候，我总攥紧拳头，踌躇满志。然而，我都来不及去做，来不及去想，当生活让我丧失了热情和耐性之后，我会把悲伤连同我的肉身藏起来，我还深深地知道，多年后，我会觉得自己颓然老了，在黑夜里，在很深的睡眠里。我还会发觉当时紧握的拳头，到那时仍紧握着，然后向着更老，更深的岁月里。最终，我会说，我昏睡了一生。

2001 的冬天，我昏睡在广州的石牌。不，整个石牌也昏睡着。在傍晚时分，我会下楼来吃饭，我的穿着是可笑的，我在罩式睡衣的外面加了件棉袄，下面穿了肥大的灯芯绒裤子，看上去三截，怪异极了，在这里，我一个熟人也没有，不必担心被认出。通常点一个鸡锅，一个人慢慢吃完。在长达两个小时的用餐时间里，我吃完一只鸡，一碟牛肉丸、平菇、海蜇皮和青菜。最后把汤喝尽。这么多的东西进入我的身体，为的是紧跟而来的昏睡，让它得以持续和无休无止。然后去碟店租碟，色情的、科幻的、战争的、言情的，十几版，我用塑料袋提回石牌村深处，我租来的单间里。穿过一条条巷子，看着一模一样的景物，一家挨一家的士多店、美容美发厅、桂林米粉店、凉茶店、蛋糕房、干洗店、性用品店、手机维修点，它们都阴暗，散发着旧的、隔世的气味，黑夜来临的时候，这些巷子开始活过来，一条一条地苏醒，音乐响起，霓虹灯闪烁，涂着金粉的妓女们来回穿梭，石牌，昏睡在色情、颓废的旺盛之中。

这样的昏睡，并不仅仅代表昏睡本身。我一直认为，2001 的整整一个冬天，我处于昏睡状态。三年之后，我的许多朋友要为那次昏睡定义和命名，然后总结出很多可怕的意义。诸如，类似于一次死亡邂逅，为的是更好的重生；大作品诞生之前的冬眠，为的是更好的爆发；这属于个人内心的调整，也是策略，虽然不刻意，却是必需的——面对所有这些意义非凡的结论，我始终沉默，为什么一定要拔高呢，一定要赋予它非凡的意义呢？在他们眼里，这种朝死里昏睡的睡法是不可思议的，本身是消极的，甚至是可耻的。所有的人都惜时如金，有着明确的目的和方向。

美美地饱餐，然后看碟，然后昏睡，整个的过程都处于昏睡状态。如此简单。当我蜷在那张单薄的床上，黑夜和孤独的水漫过来，睡去，是一件多好的事情。我不必害怕被什么惊醒，不必担心这或者那，更重要的，我不必去说服自己应该如何如何。太多的时候，我会选择空白和停顿，重要的是，它们服从内心。当我自然醒来的时候，我总是习惯性地拉开窗，望着外面，太密的楼房，我只得仰起头，看见了狭长的一缝天，再看着自己越发瘦下去的身子骨，我会拿起镜子照照脸，不忍细辨。一枕的落发，长而脏的指甲，我看见桌上的水杯残有半杯水，搽脸的乳液瓶一直没有拧开过，那些旧报纸和杂志好久没有翻开过，还有那些干皱而散落的苹果或者桔，它们滚向显示器的角落里，所有这些积满了灰尘，我醒了，它们依然没醒，一种难以抑制的悲伤攫住了我，我只得躺下去，蜷住身体，向着更深的睡眠睡去。

2004.12

月末的广深线

　　每一个月末，因为工作，我都要从深圳坐火车去广州。三天或者五天，然后返回。一直以来，我很害怕一种如期而至的约定，类似于一种轮回，什么时候去，什么时候回，几天，这些都像某种偈语，它暗合着女人的月经规律，阴郁、不祥，有不忍深究的宿命意味。去广州，或者回深圳，相同的时间，相同的轨迹，一个人，突然失踪，然后又出现，像魔术，玩着生与死的把戏。

　　火车站，是一个伤感的名词。它应该相当于古代的长亭吧，是送别分手的地方。然而它远没有长亭那样的美，中国古典的美。不论哪个城市的火车站，它们都嘈杂、混乱，并且肮脏。各色的人掺杂在那里，散发一种混合气味，浓烈，潮湿，旺盛的颓败。总结语就是，火车站，这肿胀的、发情的城市私处。这是我对火车站定格的印象，尽管广深线它优雅、安静，处处彰显着国际化的现代文明，它的气质甚至有点接近飞机场。但是我从来没有感受到广深线火车站那优雅的味道。一靠近它，那定格的印象像潮水一样地涌来，心情一下子烦乱了。

　　总是会拖到晚上才动身，黑夜的降临让我没有退路，晚饭也吃得马马虎虎。为什么我会害怕这一刻呢？我躲避什么呢？一直以来，我总有着这样那样难以解释的感觉，它支配着我的很多的行为，它甚至是荒唐或者是虚妄的。它由来已久，潜伏在记忆深处，当它显现的时候是那样清晰和不容置疑。我要做的，只能是服从。开始收拾行李，现金支票、收据、合同，这是老板关心的；客户的稿件，光盘，版面设计思路，这是编辑部关心的；笔记本、数码相机、衣物、日用品、手机、充电器、广州的信用卡，这些是我关心的；当然，还有我，我的肉身和魂灵、保险套、好的气色和心情是爱我的男人关心的。收拾完这些，总要发会呆，原来我跟这个世界有着这么多的联系。妆是不化的，头发就用个银簪挽起来了事，偶尔垂下了几缕就由它去。

　　坐公汽去火车站。拉着行李箱上了斜梯，望见了"罗湖口岸"四个字，正是廊道的拐角，风口里，我都会有天涯孤客的漂零感。这么多次了，我依然如此，总是有潮热的东西涌向眼眶。来来往往的人，擦肩而过，他们跟我一样，选择在晚上离开这里，或者来到这里。我想，唯有我的理由是任性的，我大可以在白天，晴朗的上午出发的。穿过弄堂，径直就来到了售票厅，宽敞的厅，人不算多，却还安静，显出寥落来，大概因为是晚上，也因为发车比较密，每十五分钟一趟。排着不长的队，看着大屏幕上显示的车次和发车时间，想法是机械的——购得票，去候车室，上车，找到自己的位置，然后等待着到广州。这一切，我显得有点迫不及待，或者说，有点不耐烦。赶快把自己塞进那铁匣子，结束这一切吧。

　　车厢内安静、没有异味，甚至还隔音。都是软座，有蓝色的座套，还有蓝色的窗帘，看上去很干净，也显得井然有序。这跟长途的绿皮车有着本质的不同。尽管我是带着火车情绪上路的。很快，广播里放开着流行歌曲，音响的质地很差，居然有一种意想不到的颓废效果。人通常不多，车厢一般不会是满座。一个小时的行程，如果不睡觉，其实是相当难熬的，数着时间，然后意识着自己的无聊。一坐定，列车员端着盘子叫卖着冰冻龟苓膏，她们一律是已婚的妇女，仰着一张张姿色褪尽的扁平的脸。紧接着，她们又推着小车过来，兜售着啤酒、花生米、榨菜、茶叶蛋、火腿肠……重音的粤语，一直漂到这节车厢的尽头。带了书，我肯定是看不进去的，打开手机，上面有来自广州的未接电话和短信。没有买水果和饮料，我还拒绝着邻座的水果和啤酒，包括微笑，还有交谈。一个小时，我不说话，不吃东西，不喝水，也没有表情。

可以大体上说出，晚上去广州这个群体中给我留下印象的某些特质。有穿着休闲服的高大的外国人，包括黑人，他们梳着小辫，戴着古怪的手表，都搽着浓浓的香水，几乎是一个牌子，所有的外国人都是一个气味。他们彼此很少交谈，一入座，就垂着眼睑，谁也不知道他们在想什么。起身去上洗手间，偶尔不慎踩着了他们的脚，跟他们说 SORRY，他们会抬起眼皮，做一个手势，动了一下嘴皮，然后又垂下眼睑。那些敞着格子衬衣，戴着银饰，穿着牛仔裤的基本上是有些钱的香港中年男人，他们通常在东莞石龙上车，带着肤浅的、美貌的大陆二奶。他们总是有幸成为我的邻座，我喜欢注视着他们的脸，企图辨认出某种迹象，然后想像着他们做爱的场面，这并不是出于一种恶意，纯粹是出于一种惯性。我甚至虚拟出二奶那虚假的高潮。男的说着还能听懂的普通话，女的似乎总撅着嘴，但双目流波。还有结伴的、美貌的女人，白领的打扮，都有优雅的坤包。她们把长腿露在冷气很足的车厢内，她们的桌上摆满了零食，一上车，就从头说到尾，也吃到尾，谁也没心思听她们说什么，死寂的车厢里，偶尔传来她们故意压低的格格的笑声。那是一种难以言表的性感，让人无法绕开而不受感染。由此，我对性感有了新的理解，被关注、不容忽视里绝对有性感的特质。而且相当的明显。总是会有一些打扮古怪的人，染着黄色，穿着背心和肥大的裤子，露着健康的肤色和结实的肌肉，梳着马尾，像歌手，像广告人，像媒体工作者，他们背着很大的包，双手插进裤袋，戴着耳塞，他们虽然沉默，但分明感觉到他们的活跃，因为总有一种阳光的感觉挥之不去，年轻，活力，还有体能。跟他们，我有着明显的距离感，那是另一个世界的人，我能感知，却无法介入。太多的事情，类似于此。

大多数，是跟我一样的打工者。他们都有着相同的气味。从众，没有特性，随意，漫不经心。跟我一样风尘仆仆，一脸疲惫。他们大都神情沮丧，一言不发，对时间妥协，直等着到达广州的那一刻。我把脸贴向玻璃窗，看着车身飞快地移动，窗外的景色几乎是一样的，遥远处有明亮的灯火，夜色里，有种受潮的温柔，在记忆里忽隐忽现。我想起了三年前在武昌火车站，依然是在夜色中，一个人南下，那孤独浸彻了多少个夜晚。然后是广州火车站，去东莞，去佛山，去中山，去昆明，最后，去深圳。我为什么害怕火车站？它让我面对了什么？每一次的出发，都是一个未知，一个无法预料。我对这种气味敏感，强烈地排拒，什么时候，我将在一个地方永久地停留？

手机响了，哦，广州就要到了，手机那边的问我回了没有。我默默地念着那个回字，心里一阵激动，觉着亲切又陌生，我回哪儿呀？广州东站到了，出来，一股热气扑面，广州的繁杂和气味一下子涌向我，天河北，中信广场就在眼前，城市在骚动。我的伤感，我的多愁一下子烟消云散，很快，我被卷入这气流中。

2004.12

夜晚的病

再这样咳下去，我会把灵魂咳出来的。我只好用双手护着它。我在抖动。

外面很岑寂了，对面的窗是亮的，那光线投过来，我的墙壁也是亮的。我的影子硕大，宽而扁，浮着，在晃动。上洗手间小便，黄而短促的液体，起身，一阵眩晕。

是这样一具身体，156 厘米，42 公斤。现在，它滚烫，内部轰鸣。竹席让它的骨头痛了。这些骨头有很多尖角，像她的性格，它们让她难受，也让别人难受。她用骨头面对一切，完成所有的传递。温度、硬度、时间、空间，包括皮肉无法感知的痛或者伤悲，物的，非物的。当然，也有转瞬即逝的、隐秘的欢欣。为什么它们从来就没有逗留过？对，转瞬即逝。在夜晚，它一身的病，夜晚是一种奇怪的药剂，或者说是试剂，浸在里面的东西一下子就凸显出白天无法看到的一切。所有的表情，包括骨头内部的表情。有些病天生是属于夜晚的，这些表情像失踪的魂灵重新回归肉身，它们都摆出各自舒适的姿势，无所谓大胆或者丑陋。比如孤独，它就是夜晚本身，总是摆出它最舒适的姿势，让她难受，让她有尖角的骨头难受。她有时梦见自己死的样子，梦见自己出落得一副体面的尸体。圆融。安详。

桌上的那些药瓶子，它们有着古怪的名字。它们醒目而孤立。散发着某种真相的气息。我捂着胸口，想着白天的事情。在深不可测的写字楼深处，穿过黑黑的楼道和电梯间，在标有号码牌的门前，一个空间，一个人就这样失踪，不留一丝气味。那里的冷气总是很足，她的皮肤干燥，连笑容也干燥。总有会议要开，要写提案，发不完的传真、电邮，客户的电话，刻光盘，永远需要删改的文稿……这些，它们散发着健康的味道，与之对应的是一个踌躇满志的人，一个阳光的人。

那是白天。口红画完了一个句号，白天开始了。我被道路行走。却被另一个我注视。她满含泪水。我穿过狭长的巷道，大片大片的阴影随着阳光一步步后退，我的西五街六巷已经远了。我的早起的、坐在门口、沉默无语的房东太太也远了；那一家挨一家的士多店远了，还有王老吉凉茶、水果摊、面包房、洗头坊、工商银行、彩票售票点也远了。广州石牌的深长巷子，它在早晨八点半仍然暧昧、潮湿，挟裹着色情和堕落后的疲软，我从它的气味中一路走出来。向着晴朗和澄明矫健一跃，然后迹象隐遁。

那个阳光的女人叫 Vivan，她属于白天。白天的声音、气味，和光亮把她的脑子塞得满满的，连咳嗽也没了踪影。她的 156 厘米，她的 42 公斤，属于白天的强悍，有质量的、有速度的那种强悍。她的骨头不再让她难受，她的性格也变得模糊不清，对别人妥协也对自己妥协。她被抽离。一个空间，一个系统，一个部门，一个环节，我们称之为结构。她被安置在这样的一个空间，一个系统，一个部门和一个环节中，很详尽的岗位描述，冷酷而准确。考核她的关键词被量化，被专业化。一双看不见的手，它在操纵按纽，她按岗位描述作业。总监、经理、设计师、文案、AE、会计、出纳、文员，在广州，一个广告公司最标准的人员配置，所有的暴跳如雷和气急败坏，包括激赏、性感、好的胃口、新闻、好的或者坏的消息，一句玩笑，流动的音乐，一个糟糕或者绝妙的创意……这些塞满整个白天。它们乱七八糟地在一个固定的空间活跃，充满生机。但是她看不到别人，别人也看不到她。所有的人都被安置在各自的位置里，眼神不再传递什么，连指尖也没有温度。白天，我只能是聋子和瞎子。没有要求也没有愿望。我被隔离。他们也是，彼此戴着面具。失踪的人，在白天，所有返回的路径被封死。疲惫或者忧伤是后来的事情。后来的事情在黑夜里苏醒，一宗一宗地归来。她看见，她听见，她感受到。

"Vivan，十点之前要把客户反馈的提案重新整理好，然后开会。"操作按钮的人说话了。我在电脑前思维清晰，聚精会神。我的身体，我的能量，我的智慧在为某一个选定的目标工作。它被要求正确地、快迅地、有创造力地完成一项任务。每一个白天，一个纯粹的肉身，一个物，它做着让黑夜感到幸福或者悲伤的事，这个失踪的空白被黑夜填满。

"晚上我能请你喝杯咖啡吗？"总会有这样的邀请。这人生的契机，一个可能。她可以说 YES 或 NO，两样都无所谓。它们没有指标。那是别人试图了解她，想进入她。一个人在试着向另一个人靠近，想走进她的内心，甚至生活。朋友了或者情人了，包括后来再可能发生的一切，有了子女了。彼此靠得很近，鼻息相闻，紧紧拥抱，但谁能彼此真正走进呢？谁能代替谁的黑夜和孤独。

我想着个体的孤独。这黑夜的病。它们是一种气味，一种感知，紧贴着肉身，谁也拿不走，它与生俱来，面对它，我辨认出自己，看见自己。一种来自黑夜的抚摸和打量让她的骨头发疼。她看见她破败的身体，强悍的意志以及所有的隐秘的欢欣和悲伤。天就这样亮了。

2004. 11

一个人的房间

  是这样一所旧楼，它在一所橙黄色的、环形的小学背后。向左，是一个废弃的停车场，两辆报废的破东风车永远停在那里，它们的车斗装着散了架的木框，那轮胎深陷在土里。很久了，时光在那里静止。地上坑坑洼洼，几堆垃圾或者是沙子也堆在那里，起风的时候，有叶子和纸屑在飞舞。往右，便是翠竹大道，行人和车来来往往，它发生着自己的事，喧闹、堵车、川流不息地行走的人。这城市的街道，相同的面孔，身体的脉络，它们独自清晰，但又散乱在记忆里。无人惊扰的小区，它被林立的香樟及细叶榕掩映，氤氲在一丛丛矮桂花的香气里。

  二楼，是我的两房一厅。它们杂芜、凌乱，有鲜活的人味。我有时凝视着这些，难以相信一个人会把这房子住得如此热闹。三张床，都铺有干净的被子，我没有客人，没有合租者，但我拥有三张床，它们有相同的气味，不同的颜色。通常我不叠被子，我似乎每晚分别睡了三张床，它们随意、性感，有点脏，枕边扔着我的胸罩、内裤和零散的卫生巾；还有我永远翻不完的罗伯特—格里耶和让—图森、老福克纳的小说、时尚杂志、过期的报纸、零钱、苹果和拆开的薯条。它们流动着，从这张床到那张床，它们起伏，气味，光线或者空气。还有声音。

厨房和卫生间是独立的。一个人吃饭，总是要炒几个菜，仿佛有好多人在一起吃似的，我为什么改不了这个毛病？难道不知道浪费可耻？难以解释的做法，没有理由的，日复一日。卫生间有股空气清新剂的气味，一个女同事曾到我这里来玩，她看了我的卫生间，诡异地说，嗯，这里没有男人的拖鞋和剃须刀，还没有烟味，你的生活真干净呀。我对这个偷窥的女人说，你对干净的理解真简单啊。然而，从另一方面看，我又何尝不是自己的偷窥者？我对干净的理解何尝跳出过她所理解的那样？

通常我总光着身子在房间里走来走去。我的塑料拖鞋在木地板上发出清脆的声响。我想，当外面的光打在我身上的时候也会发出这样的脆响，我的皮肤是年轻的，它有光泽，我的体型也有漂亮的弧度。它在光线里穿梭，房间就这样热闹起来。我的身体感知着温度、硬度，还有空气、声音和永远萦绕的桂花香气。当然也包括油烟、电脑的辐射。我从不臆想在不可知的地方会有令人不安的眼睛，既然我放松得彻底，就不会再为自己设障。被卸下的不仅仅是几件衣服，它还包括没有头绪的策划案、合同、提案，以及老板在会上说的琐事，还有同事不太友善的情绪——或者更多。我总是力求在寻得某种感觉时，心里获得一种响亮的回应，干脆、彻底、不计后果。在可能的，有限的空间，我完成这样的自慰，并在那里接见了上帝。不论是潜意识或者是显意识，这样的自慰存在于更多的方面，它刻意，却又是必需的。我常常打开电视，打开电脑，拧开煤气灶，架上炒锅，在声音的纷扰中，在单纯而快活的意念中，做着这或者那，切菜、打鸡蛋、给鲜花换水、给茶杯加开水、扔垃圾——我甚至可以找到晶亮的起子，去拧紧松了的压力锅把手上的螺丝。我发现肉身，看见它，看见自己，感知它存在，它宁静而随意，像没有被掀开的隐秘的花园，不为人知地呈现。只要电话和手机不再响起，只要收管理费的不再敲门，只要外面的一切还无法通向我，呵，我是花园里所有的花朵。

　　牛仔裤浸在洗手间的脸盆里，剩菜和碗碟摆在树纹饭桌上，茶也冷了，这些像是某种暗示。它们冰冷而醒目。或许外面下起了雨，这样时刻适合写诗。坐在电脑跟前，有点懒，同样适合睡懒觉的时刻。桌上的台历，哦，一个月又过完了，上面画着圈圈，那是月经的标志和做爱的日期的标志。为什么要做这样的记号，我害怕遗忘什么？为什么需这样的提醒，和暗示？我环顾了一下我的房间，所有的东西都在暗示着这或者那，它们提醒着我，唤起着我的注意，它们长满眼睛，也都竖着耳朵，都打着我的算盘。压在键盘下面的便签纸，上面记着电话号码，记着某个日期必须要完成的某件事，哦，下个月的2号去干洗店拿裙子，7号之前要写完两篇小说评论，10号之前去退掉 ADSL 业务重新装宽带，中旬要往家里寄2000块钱，月底去广州，千万要带上朋友千叮嘱万叮嘱的书和光碟——这些，它们跟凌乱的床、没有收拾的饭桌以及浸在脸盆的衣物一样杂芜，琐碎，它们似乎更热闹，有嘈杂的声音，有生命力，看得见摸得着，实实在在。它们有通向外面的痕迹，就像外面的我，庸碌，疲惫，无为而又麻木。我能记住什么呢？我常常一片空白，大脑处于停顿，放纵感官，我获得了什么样的救赎？而后来的一切，再后来的一切，我得重新归来，一遍一遍地归来。我需要合适的观点，回溯之心和调整过来的特殊呼吸。一种新的激情和对肉体的脱胎换骨。

　　从房间出出进进，我穿衣脱衣，我记起或者忘记。在镜子前穿衣服，我惯于凝视自己的面孔，这样的凝视是对着灵魂的，我努力辨认出自己。粉底、口红、眉笔还有睫毛夹，它们会为我换上另一副面孔。出门，走出桂花的香气，向左，经过废弃的停车场，看见那段被遗忘时光，风打在身上，尘土、纸屑飞舞，很快，就到了田贝四路，人流和车；向右，一出门，翠竹大道，也是人流和车，我融入人群，融入喧闹，只要出来，都一样。

2004.8

声　器

　　那些声音即便是在梦中也无法消散。我分明已关好了窗，拉严了窗帘。我在退避，在萎缩。它们循着我的气味追逐着我，最后进入了梦境，它们杂芜，狰狞，像一道道利器。我看见自己被那些声音照亮，一张疲惫的脸，惊慌失措的表情，仓皇的身影，还有瞳孔深处的哀伤。是的，我在退避和躲闪，广州、深圳或者东莞，我不断地游走，游走在这巨大的声器之中，它致密，像寂寞那样深厚，我无从逃离，它将我长久地覆盖。我曾用尽力气尖叫，踢腾，以图撕裂这可怕的、致密的声器，但它无法穿越，以绝对的、强硬的气势将那些尖叫一声一声地逼落到我身上，而后来的一段时光，我被淹没，没有人能听见我喊了些什么。再后来，我慢慢变成一个哑者，紧闭双唇，垂下眼睑，惯于黯淡。某种声音是有形的，像有体积的实物，它们都长着锋利的锥子。某种声音是无形的，但它有一个场。当我说起两个词，刺或者挤压，肉体本原的反应：疼。我失声地喊出来。

然后是痛。我大喊大叫地醒在床上。我听见自己在梦里的呼喊，悲伤、绝望。那一幕又在梦中再次重现，它如此清晰，反复折磨着我：一辆摩托车从我后面悄无声息地驶来，摩托车后座的人伸手抢我肩上的包，我被掼倒在地，紧紧拽着包不放，那摩托车一路拖着我飞奔十几米……血，骨头，刺痛，喊叫……而后来的啜泣摊晾着悲伤。白天，在忙于生计的纷扰中，我能不去记起这些，但是它们总会如期出现在梦中，让我再次受伤，那样的喊叫一直响彻在我未来的命运里，它不停地响起，它照亮我整个的生命表情：阴郁，慌乱，落泊，散发着动荡不安的气味。我是一个对摩托车的声音极为敏感的人，只要它的发动机呜呜呜地响起，那声音一声猛似一声，呜呜呜，呜呜呜——紧张，胁迫，无端的恐惧和慌乱将我攫住，那一瞬间，我又听见自己来自命运深处那悲伤的喊叫。仿佛巨鹰将可怕的翅影投到地面上，一场猎杀即将来临。而弱者的命运是那样一览无余、清澈如水。

　　这触目的一幕像影像一样常在我面前晃动，这内心的暗疾，这顽癣般的噩梦让我致幻。抢劫，一个充满暴力和血腥的词，它五次出现在我南方的漂泊生涯中。我当然不能把它看成一个偶然的独立事件，我总是将它与我的命运连在一起。摩托车的呜呜声，我的喊叫，在我内心形成一种尖利的声嚣，它们时常照见我一览无余的命运，薄薄的身子骨，倒在地上就一小堆。当事件过去后，这样的声嚣频频向我施暴，我只能选择悲伤和沉默。办公室里，所有的女孩子都有被抢劫的经历，有的经历更加可怖。她们有时展示身体受到伤害的部位，她们的表情是娱乐的，是消遣的，她们在比谁的被抢经历更加可怕。这样血淋淋的场景，作为一种谈资，用这样快活的语气描述出来——我相信，遭遇的普遍性让很多人没有了痛感，是的，生活让我们都没有了痛感。有一个女孩子说，抢我的包，我马上撒手，让他们抢走；被掼倒在地上，我一骨碌就快速爬起来……

我细细体味着那个词：一骨碌。多么麻利、老到的应对手段，漂亮到有一股自鸣得意的味道。而这背后，深藏的况味多么令人心酸。我似乎不能像别人那样轻松地谈起它，这并非我的经历我的伤痛更为惨烈——我总是学不会遗忘。我不知道那些影像是否会出现在她们的梦里，是否像我一样慢慢长成一个心病，郁结成一个肿块。时间没有治愈这一切，啊，我总是学不会遗忘。

2001年冬天，我住在广州的石牌。那些巷子阴暗，潮湿，密集的楼群住满了打工者、小贩、学生、民工、妓女、歹徒、骗子、吸毒者、混混以及各色人等，把这些罗列出来，它们挨在一起，一个"脏"字马上蹦出来，还散发出混乱、危险、动荡但又充满诱惑的气味，有肮脏的活力。我租的房子有一个长长的过道，两边都是出租房，大概有二十来间，住着这些来历不明的人。我的左边是一对广东本地的年轻夫妻，带着一个孩子。谁也不知道他们靠什么营生，男的很粗短，黑黑的皮肤，挽起的裤脚，我能看见他结实的、球状的小腿肚子；女的面色蜡黄，头发蓬乱，总垂着眼，穿着一双塑料拖鞋，在屋里走着叭嗒叭嗒地响，他们像是活在暗影里，不，他们的整个生命表情是灰暗的。他们从来不唱歌，甚至很少笑。我的右边住着三个妖艳的女子，她们都在深夜涂很深的眼影，穿着暴露，叼着烟，经常在凌晨喝得醉醺醺地回来，不停地打手机，不停地娇笑，我不愿意去猜测她们的职业。正对面住着几个小青年，都很年轻，一回来就敞开门，大声地说话，把音乐打开，脸盆哐啷地响，进进出出，还能听见他们哼着歌子。

白天我去广告公司上班，傍晚拖着疲惫的身子回来。睡眠，是生活唯一可以享受的事情。沉沉地睡去，沉迷美梦和理想，沉迷爱情和奇遇，沉迷于春天和童年。把世界关在外面，回到内心，无边的安宁是治疗烦躁、恐惧、慌乱的良方。把身体交给干净的床，交给舒适，让睡眠更加彻底，让安宁渗透内心。但是，我总是会被急促的踢门声惊醒，那一定是穿着一双坚硬的靴子的脚踢的，它粗暴、蛮横，那声音还摆出一副强硬的态度来：你必须开门，而且还要快。这个无理的插曲有着强烈的入侵感，让人恐慌，胸口顿时咚咚咚地跳个不停，即使如我般善良、守法的小民，也好像是干了坏事败露了，就要被抓一样。听到这样的踢门声，没来由的，第一个反应是：躲起来。是查暂住证的。石牌是一个非常乱的地方，我的隔壁就住着三个妓女，治安队经常在夜间查暂住证，门外喧哗一片，租户都被吵醒了，没有暂住证的都要进行登记，还有一些人被带走，辩白、咒骂、乞求、呵斥，乱作一团。我把脑袋探出门外，怯怯地把暂住证从门缝塞给他们让他们过目，我是抗拒的，不允许这些人进我的屋子，有一个人拿着手电往里面照，我挪了挪身子去挡。完了之后，我久久不能恢复平静，像受到了惊吓，有点哆嗦，胸口还是狂跳个不住，脑子里还是那可怕的踹门声，嗵嗵嗵，嗵嗵嗵，我抱紧自己的身体，希望能赶快平静下来，但是我依然听到的是嗵嗵嗵，嗵嗵嗵，嗵嗵嗵，嗵嗵嗵，嗵嗵嗵，嗵嗵嗵，嗵嗵嗵……

那对年轻的夫妇跟我一墙之隔，我的床头大概也抵着他们的床，我时常被床头笃笃笃的声音惊醒。他们在做爱，剧烈地动作，木架子床摇动起来，有节奏地敲击着墙壁。我醒了。我清晰地听见疯狂的喘息和娇柔的呻吟，他们更猛了，那笃笃笃的声音急促地、一下一下地撞击到我心里，我感到墙壁晃动起来，地板也跟着晃动起来，我的背脊冰凉冰凉的，口干舌燥，我想喝水，但躺在那里一动也不敢动。我甚至听到他们弄垮了木架子床，男人大吼一声，女的发出细弱的喊叫，一声一声，我尽量不让自己去想像这些声音出于什么样的心理，我控制着不去想像，却饱受想像的折磨。但这些声音在向我施暴，这两个人旁若无人的狂欢在向我施暴。它打扰了我这个安静的人，不，它伤害了我，让我感到自己孤独伶仃，硕大无朋,被遗忘,被丢弃,在角落里,阴暗,并自生自灭。那样的夜晚被忧伤浸透。我知道,对于贫困的夫妻来说,性爱是最丰盛的晚餐,面对生活的艰难,那个粗壮的广东男人和他的妻子肆无忌惮地享受肉体之欢,笃笃笃,笃笃笃,笃笃笃,笃笃笃,笃笃笃,那声音一声一声撞击着墙壁,撞击着孤独而忧伤的人,黑夜就此沉浮,直奔黎明。而他们的孩子总会在凌晨五点发出尖锐的哭叫,那是一种穿透力极强的声音,凶狠、倔犟,那孩子仿佛用尽全身力气发出这样的哭喊,余音收尾处还往返回复一下哽咽,像是在搏命,隐隐渗着血,散发着悲惨的味道。这是一种让人不安的声音,如果长时间地持续这样的声音,一定会让人发疯,这哭叫声里有种很扎人的东西,像一根倒刺,插在人心里,让人隐隐担心他们的命运和处境。尽管被那两夫妻制止住,但在早晨五点被吵醒,是一件很窝火的事情。它影响到我整整一天的心情,那渗血的哭喊,会萦绕我一整天。我会忘了带钥匙或者手机,甚至忘掉工作计划,整天无精打采。有一次我见到了那孩子,他扶着门框站着,有点颤颤的,大概三岁,苍白,瘦弱,小小的胳膊腿,还有他脚上小小的鞋子。我打他跟前走过,他抬头看了我一眼,一双很清亮的黑眼睛,几乎没有长眉毛,他微张着嘴,想笑,但没有笑开,嘴角又恢复了原样。这么小的孩子,孤独、悲伤的表情,他仿佛了解这人世间的很多事。他如何会有那么大的能量发出那样尖利的哭喊,这让人觉得要断送他性命的哭喊,我害怕起来,我害怕一个字,那个字,我不能说出。

我对那些高分贝的噪音可以熟视无睹。在星期天,对门的男孩子总是打开门,把音乐声开得很大,那音乐有一股健康生活的味道,旋律阳光、激昂。尽管我喜欢安静一些,但我一样能静心看我的书,或者睡觉,时间一长,我就适应了,沉迷于内心,可以完全听不见那些音乐,是的,它们于我是不存在的。隔壁那三个妖艳的女子也会在午夜发出各种声音,骂人、吵架、摔东西,这些声音丝毫影响不到我，它们无法走进我的内心。我后来租住的地方附近在搞拆建，在夜间、在黎明，那推土机发出的隆隆声仿佛就在头顶响彻，还有打桩的声音，一下一下，一声比一声逼近，但我还是能把它当成环境的一个伴随物，融入其间，让它成为夜晚的背景，仿佛它们一直都存在于那里，我睡得很安稳很香甜；即使是隔壁在装修，那冲击钻进发出的噪音直锥脑壳，让人烦躁，但我也能忍受。它们只是一种纯物理性的声音，却不具备伤害性。有一类声音是低分贝的，但它形成一种场，压迫、紧张，让人窒息，它跟那些充满暴力的声嚣一样，照见命运的表情，让我再一次看见自己，瘦弱，慌张，战战兢兢，在生存场中搏命，妥协，沉默，垂下的眼睑，不让自己发出任何声音，慢慢地，我变成一个聋子和一个哑巴，像一个巨大的容器，吞咽生活所有的幸与不幸。

我至今记不得那家公司老板的样子，他的五官是抽象的，或者说，我从未看清过他的脸。他的声音仿佛从他的胸腔发出，低沉，短促，残酷，像咯着一口痰，不太清晰明朗，但语气不容置疑，充满了骄横、粗鄙的味道。公司所有的人都惧怕这声音，这声音像阴影笼罩着空间，仿佛无处不在，让人惶惶。我相信，即使离开了那家公司，那声音依然折磨着很多人：

"我说话不准打断……"

"我不听任何解释……"

"你们就像是小偷，在我这儿混工资，你们全是小偷……"

"马上滚……"

所有的人都不知道怎样做才是对的，老板对一切都不满意。他永远是责备、苛求、气急败坏。秘书小颜是一个年轻的小姑娘，她天天挨骂。只要老板的电话打过来，她就战战兢兢好半天，她说，老板的声音让她害怕，她都快疯掉了。从他的办公室出来，被骂的事情无非是，老板突然发现刚送到的报纸好像被人打开看过了，因为好像有被打开的痕迹，他不允许他的报纸被人先打开看，要不就是他吩咐过这几天不喝普洱茶，为什么又给泡普洱茶，或者就是开会的时间改了，为什么没有通知下去……林林总总，鸡零狗碎，所有的，一切的一切，不能解释，不能辩白，只能承受那劈头盖脸式的辱骂和斥责。可以理解的，他那低沉、短促而残酷的声音，它刮着人的面皮，刺痛，耻辱，没有做人的尊严。只要一想起这声音，我就打一个寒颤，一股阴冷的东西掠过全身，生存的场，如此残酷，一把无形的柄，捏在别人手里。我开始并没有理解可怜的孩子"我快要疯了"这句话的真正内涵。一个中午，我把一份文件拿去老板的办公室，我从不在他在的时候送过去，我不愿意跟这样的人面对面，不愿意看见他，不愿意突然被他挑出我的错，被他当场辱骂。他的办公室很大，装修得冷森、华丽，有两根粗大的柱子立在两边，下一个深台阶，进入办公室的正厅，整个空间像一个地宫，顶吊得很高，以致沙发、橱柜显得小小的，办公桌显得小小的，进去就看见一个小小的人坐在桌前。气氛非常压抑，一丝一毫的响动都纤毫毕现，我一般会把呼吸调得细而均匀，把心跳也调稳。那天我以为他是不在的，进入正厅也没见到人。但我却听见隔间有人说话，啊，我听见那发出低沉、短促而残酷声音的人发出了另一种腔调：小颜啊，我的小颜，你都快把我迷死了，我的小宝贝，小心肝……那声音如此轻快，暧昧，轻悄悄地溜出来的，带着鼻音，迫不急待中有种丑陋的下流本性，极尽无耻，令人作呕，我的头顿时轰的一声，懵在那里动弹不得，我听见那孩子低低地哀求和啜泣，在退却，在躲避，啊，她能躲得过吗？这仅仅是职场中一件普通得不能再普通的事件，我当然能理解她被无端辱骂的真正原因，对于一个弱者，一个小人物，她的抗拒和她的顺从都不能改变什么，那淫威，那声音的恫吓，一定会进入她的梦中，让她备受折磨。多年来，我在南方经历了很多家私人企业，这些企业一个最重要的特质就是，整个公司只有一个人说了算，那个人的声音是最大的，也只有那一个人能够发出声音，他的声音决定着别人的命运，他的声音制造出压力，一种场，它在我们内心形成一种声器，伤害着我们的肉身和魂灵。而太多的人已慢慢不知道痛了，没有悲伤，没有愤恨，惯于暗淡，有的只是长久的沉默，他们把悲伤深藏在内心，像我，多么希望做一个真正的聋子和哑巴。对于可以相爱的人们，我愿意用眼睛交流。绽放人世间最干净的笑容。

　　我曾和同事去一个大酒店里开会。那酒店坐落在一个半山腰，整个建筑气势非常雄伟，下了车，我们看到一个巨大的台阶，长长的，一直通到正门，台阶周边，一棵树也没有，只有石墩和保安。进入大厅后，只觉四处森然，令人压抑。我的同事说，这里太安静了，静得可怕。我环顾四处，果真没有半点声息，仿佛所有的声音都被什么东西吸走似的，不留一丝痕迹。这样的静，让人生疑和不安，感觉到要发生什么重大的事情似的。同事说她感到有点害怕，我问她害怕什么，她说不知道，就是觉得害怕。惯于嘈杂，惯于纷乱，惯于声器的场，当我们突然置身于一个没有任何声音的地方，我们听见了内心的轰鸣，我们的心跳和呼吸声被放大，我们真正感受到了另一种巨大的声器。我们害怕。

　　但那些声音总是会进入我的梦境，它们追逐着我气味追逐着我，我再一次被那些声音照亮，我看见我生命的表情：惊魂未定，还有瞳孔深处的哀伤。我听见我在喊叫，然后大喊大叫大汗淋漓地醒在床上。那一刻是宁静的，世界也好像是刚刚醒来，干净得没有一点渣子。我这才把身体放松，尽量舒展开，这片刻的安逸。我可以像一朵花一样，偷偷地开放一会。我需要这样的时刻，把双手压在突突跳的胸口上，清醒地告诉自己，我丝毫未损，我还好好的。我需要在内心安静的时刻确认这一点。然后起床，然后梳洗，然后赶车上班。

2007.8

在镇里飞

　　我惯于遭遇那些隐秘的生活，陌生的气息袭来，隔离的场景，如同一个清醒的人置身在一场模糊而不可靠的梦境，这个梦境后来逐渐清晰，我很快就有了跟它相同的气味，我从来服从这生存的场。当陌生和隔离慢慢被洗掉之后，一个人就这样消失了。没有人认识我，我在哪里，我将要去哪儿，无声无息，像沉入漆黑的深水里，连同她的气味。2005 年，我不停地游走在东莞的常平镇、厚街镇、虎门镇之间。两年之后，我将那一段经历用了一个飞字，飞翔、飞奔。它说出了姿势和表情，它传达出自在、自得甚至有某种轻快的信息，有逃脱的快意。原生，孤独，无人惊扰，像深山里的野花，旁若无人地开着。我说了飞奔，这风尘仆仆的表情，照见一个人的倦容，照见一个肉身的姿势，她很低很低，几乎贴着地，但内心飞翔。于我，它如此熨帖，如此契合我的气味，仿佛我从来都过着这样的生活。我不需要脱胎换骨的激情，不需要所谓的死去再复活，甚至不需要意义。它全然不是那种带着大城市的优越感跑到这里来撒野、希图获得陌生经历、体验新鲜感、寻求艳遇和激情的有闲人的无聊目的。"我真不知道你呆在那种偏僻的小镇子里干什么，那些地方到处破破烂烂的，你在冒险……"我的朋友在电话里大声地质疑。我正想跟他解释，话没有说完，一股突如其来的荒芜感涌上来，所有将要说的话都滑脱了去。我掐掉了电话。

对话因隔阂而中断。这是在东莞的常平镇，我卸掉了广州的手机卡，换上了东莞的新号码，我不打算把它告诉那些朋友，他们已无法进入我现在的生活，他们属于过去。一个人就这样失踪，我似乎有点迫不及待，竟这么迅速地切掉外界通向我的所有路径，我几乎是扑向了东莞的镇，我喜欢自己这样无蔽的敞开之状，飞翔或者飞奔，透明、轻快，看见自己，辨认自己，然后说出并领会。——常平真是一个充满寓意的地方，它在广深线的中间，一头连着广州，一头接着深圳，两端连接着我的过去或者未来，它们在两端无限延伸，遥远，我只能是眺望。我在离常平火车站不远的地方租了套小公寓，25楼，临街，繁华的商务地段，香港人的后花园。我原本在广州一家定位高端的时尚杂志社工作，啊，每个月的广告任务压得让我窒息，市场过多的同类媒体摊薄了广告份额，价格战，抢单，炒单，给回扣，请客户吃饭，做媒体策划，催款……我陷入了这可怕的漩涡，月复一月，这漩涡挟裹着我飞快地旋转起来，我感觉到自己在慢慢消失，像一头驴子围着一口石磨，机械，呆板，浑然不知疲惫。我要让自己慢下来，再慢下来，我要感受到光，色彩，大地，诗歌，春天，童年，梦想，爱，或者恨……我得让自己解脱出来。于是我跟老板说，我想在东莞设立一个办事处，拿35%的广告提成，其他一切费用自理。老板爽快地答应了，他没有理由拒绝，这对杂志社没有任何损失，我还是极有可能把东莞的市场做起来，扩大杂志的影响力。当然，我这样决定更重要的理由在于，我对自己业务能力的自信，对东莞广告市场的自信。一个人操作一个区域的业务，有绝对的自主，从另一方面说，我逃离了广州写字楼残酷的办公室打卡、守时制度，逃离了压抑、方格型的办公室，逃离了监控。此外，同事之间的业绩攀比都快让我崩溃了。逃离广州，飞向东莞的镇，我成功了。我时常在落日前临窗眺望着常平火车站，目光延至广州或者深圳，就像眺望一个人的过去。我刚洗完了热水澡，时间在缓缓地流动，窗影的明暗也在缓缓地变幻，落日洒上餐桌上，洒在花瓶的瓷上，墙上的老式挂钟发出沉闷的声响，我仰起金黄的脸，看着从广州或者深圳来到这里的人，他们从站台走出来，他们全都一脸疲惫，拉着行李箱，步子滞重而迟缓，跟我当初来时一模一样。很快，镀了一层金黄的列车在暮色里把现时驶向过去，广州或者深圳，在那里，时光被回溯，那个人再一次一寸一寸地抚摸被扔在那里的时光，那些还没来得及被遗忘的往事，爱情的碎片，没有结尾的诗歌，一些人的面孔，一些庞杂的事，它的缘起和它的终结。她用自由换来了孤独。这孤独在慢慢向她围拢。

我似乎对工作没有倾入太大的热情，但必须得踌躇满志地订下计划。每个月如果不签下两万块钱的单，我在常平的生活将会很吃紧。但我要感知的，却不是一个赚钱的过程。在东莞的镇里，该会有一个怎样的我会被呈现出来？手机死寂着，常平在注视着我这个外来的人，我依然没有跟它真正贴近。夜晚无端地失眠，望着天花板的裂痕，想像它消失的走向。下楼来，迎面的喧哗带着浓烈的气流把我卷入其中。隔着临街的大玻璃，香港人在日本寿司店或者韩国烤肉店跟美貌的大陆女孩聊着天，她们的领口开得很低，都涂着很深的眼影，它垂着，似乎正要掀起一场大水，时间被一种慢轻轻抽打，夜晚的常平，像一条腥香的脏裙子，隐秘的华丽，锐利的性感，颓败的旺盛。胃口不好，我找了一个热闹的大排档坐下来，这是一条不宽的巷子，年轻的妓女们在那里扎堆，她们都耸胸，露着大腿和肚脐，涂着银蓝的、银粉的眼影，她们吸着烟，雾气缭绕，一个个霸道的样子，叽叽喳喳的，那样的热闹，啊，在我看来，她们都只是一群小姑娘。我点了麻辣烫，左边和右边很快就坐上了这样的小妓女，左边那个坐在一个男孩的腿上，他很帅，是那种有点坏的帅。那小妓女坐在他腿上，手里拿着一串鱼蛋吃着，她穿着极短的牛仔裙，两只脚悬着荡来荡去，大腿白得晃眼。她用方言跟旁边的小妓女们对骂着，声音脆生生的，很好听。旁边的那些个也跟着哈哈笑，听得出来，她们昵的程度。她移了移屁股，跟我正对面，那腿还是一荡一荡的，我滑眼一看，我看见了她穿着丁字内裤，她的地狱之门。那丁字内裤陷进那个缝，它非常饱满，而且干净，我一下子感觉到的：干净，没有别的可以取代。我甚至想像，她跟那男孩发生的性事也是干净的，像两个孩子那样干净。很快就起风了，有点冷，一种荒凉的感觉向我袭来。风吹冷了面前的麻辣烫，我吃不完，耳边依旧是她们娇脆脆的调笑，余音不断地在耳边萦绕，我迎着风，慢慢往自己的公寓走，一路的喧哗，一路的霓虹灯，水红暗绿，明灭闪耀。常平的夜晚，让我忧伤。冰冷而漆黑的公寓等着我。

　　虎门镇的一家地产公司对我的杂志表示有兴趣。从常平到虎门要坐两个小时的车。201路车，途经寮步镇和厚街镇。我从未见过比这更脏的汽车了，冷气，封死的窗。塑料座位的座椅、靠背是黑得光亮的污垢和灰尘，车厢的地上扔着用过的纸巾、饮料瓶、瓜子壳、水果皮，还有斑斑痰迹，晕车人的呕吐物用黑塑料袋装着，打了结，搁在椅子脚边。拥挤的人，很多来自乡村，男人黑糙的脸，油脏的头发，一绺绺地奓着；发暗、袖口一圈黑渍的衬衣皱巴巴的；破旧的皮鞋的鞋边沾着泥土，他们一靠近，开口说话，乡音伴着一股刺鼻的气味。他们把行李塞在车的过道里，看形状，那些蛇皮袋子里装着他们的被子和衣物，红色的塑料桶放着茶杯、毛巾、肥皂、牙膏等各类杂物，胡乱插进去的衣架和拖鞋伸出桶口。有的妇女抱着孩子，孩子一般都是睡着的，他的脸很脏，有鼻涕抹过的痕迹，都干了。那妇女长着大大的奶袋子，粗粗的腰身，坐在她后面，我看到她蓬乱的枯发，用打了结的红绒皮筋扎着，没有翻平整的衣领子被压在旧外套的领子下，她扭过脸来，一脸的雀斑，微微的龅牙，一副愚昧的呆表情。坐在她身边的时尚少女厌恶地瞪了她一眼，她扯了扯自己的衣服，挪了挪身体，竭力地想挪出点距离来。车厢里充斥着汽油味，烟味，人的腥气，浊气，还有病人的汗，臭脚，有人吃方便面，有人放阴屁。这些来自乡村的人，远离土地，背井离乡，此刻，他们跟我一样，从常平去虎门，为着生计。车厢里呈现出的那些物的信息，散发着他们生存真相的气息，破败、潦倒、辛酸。201路车，记录着真相的表情，他们在城市如此突兀地存在，生腥，怪异，像卑贱的尘埃，城市根本无视于他们。

我是晕车的。车一启动，胃开始翻涌，我一阵阵地感到恶心，涌到嘴里是大口大口的清水，我极力地控制着不把食物给呕出来。头痛，是那种刚刚患上感冒且又疲劳过度的痛，太阳穴里面的神经痛得一闪一闪，不太尖锐，但一直持续。长达两个小时的车程，我几乎是一个病体，靠在椅背上，垂下眼睑，无助也无奈。没人认识我，无可参照，在谋生计的路上，照出了一个病体，它是多么弱！我注意到车上的人，像这样晕车的非常多，他们用黑塑料袋捂着嘴，随时准备着呕吐，有的人吐了，把头垂在前排座位的靠背上，一脸的病容，我从来不会认为，这样的病容仅来自晕车的生理反应，我深深地相信，生存的场，在残酷地伤害着太多的人，这病容分明是悲伤的表情。一路的颠簸，骗子和小偷都会出没其间，在这样的车厢里，弥漫出特有的匪气来，一个狭小的空间，肮脏、动荡、危险、疾病、不安、焦虑……它们真实地隐在空间里，不，它们都是有着体积的实物，醒目地摊晾在这空间里。一伙一伙的骗子在车厢里表演拙劣的把戏，这些来历不明的人，衣冠楚楚，散发着猥琐、闪躲、狡黠的尖锐气质，他们用眼角迅速扫过车上所有的乘客，然后高声地宣布有人买健力宝中了500万，由于急需要钱用，现在要把奖券转让云云……这把戏早被别人拆穿很多次了，没有人上当。团伙里有时还会出现一两个妇女，她们仰起一张姿色褪尽的扁平的脸，拍着你的肩膀，说着老乡老乡，机会不要错过，便宜转让，然后信誓旦旦，说自己就是受益者……惯于疲惫，太多的人，连眼睛都不曾睁开过，骗子见没戏，马上集体下了车。而车继续往前行驶着，摇摇晃晃，窗外的阳光照进来，有些情侣相拥昏睡，还有熟睡中的中年男人，那可见尘粒的阳光照在他张开的大嘴上。我是不敢睡的，我如何能相信眼前的这一切？这危机四伏、可疑、可怖的一切，如何敢想像醒来后会是在什么地方？如何敢把自己的肉身彻底地交付出去？我看着那些熟睡中的人，他们婴儿般的表情，对于这个世界，他们也许已不屑去怀疑了。小偷会对他们下手吗？不，小偷紧盯着像我这种满怀戒备的人。去客户那儿做采访，包里有数码相机、手机和钱包。我把包牢牢地抱在怀里。晕车，我靠在椅背上，低垂着头。上车的时候，我尽量选择女性作为我的邻座。一脸愁苦的表情，内心警觉，两个小时，紧张、焦虑，一秒一秒地捱，看着窗外不断变化的地名，站牌，一站一站地数，国际假日酒店过了，华润超市过了，家具会展中心过了，虎门近了，更近了。我不止一次地看见人到站后，一下车就遭到抢劫，原来在车上那人就被小偷盯上了，在车上没法下手，那人一下车，小偷们迅速变成了强盗，我清晰地记得，那个人被那帮强盗撕开衣兜，花花绿绿的钞票飞舞开来，好看极了，紧接着就听到一阵撕心裂肺的喊叫。我的心一阵一阵地揪紧——我真的害怕。

从这个镇到那个镇，采访、派送杂志、送广告投放策划案、进行广告谈判、审稿、定稿……我都得乘坐这样的巴士，几乎每天。这样下去，我的身体很快就会垮掉，那可怕的历程，胆战心惊的分分秒秒，不幸的遭遇迟早会降临到我身上，我像一个猎物，在明处，清澈如水。我眼前不断出现受害人绝望的喊叫，那样的悲伤让人心碎。我联系到厚街一个写作的朋友，跟她说好每月在她那儿住三至五天。至于虎门镇，它有着比较大的业务量，本身有一个不错的广告市场，我最终决定在虎门租了间单房。每月在虎门呆上半个月。常平，厚街，虎门，一个人的飞翔，一个人的孤独，2005年，一个肉身隐退的干净的魂灵在镇里飞。

我很快在厚街签下了一个大单，是一家五星级酒店。电话打过来，说是酒店的副总要跟我谈谈广告。慌忙间，赶紧化了淡妆往外跑。天变冷了，风很大，呼呼地吹着，目之所及的事物都变了形，街道、商场、行人和车，还有广告牌上明星的笑脸，就像多年前堤坝上的露天电影，风吹鼓了布屏，里面一张张变形的脸。我也变形了吧，我的身体倾斜，笑容也倾斜，心里头有一股甜东西不停地往外溢，我像个孩子一样，那甜东西一路洒落，一路洒落。到了酒店，前台小姐安排我在会客厅等候副总。她是一位四十多岁的女人。

她从过道那头一路走过来，她就像是从最安静的地方来的，没有声息。四十多岁，保养得很好，没有化妆，一张干净的脸，唇角的表情安详，目光温暖坚定。她把茶移到我面前，我看见她白皙的手上淡蓝色的脉络。我震惊她从头到脚安静的气质，仿佛来自最沉最静的地底。我一下子就看到了自己，那样一副拙态，是那样愚蠢。我一路坐车而来，怀揣着跳动不止的喜悦，一路的喧哗，车声、风声、人声的鼎沸，我似乎还在喘气。坐在她对面，我脸上的那种急切的喜悦一定还没有来得及收拢。而她把那种沉静的气质带过来，先是进门那棵发财树安静了，那茶几安静了，接着那一排排的转椅安静了，会议桌、资料柜、窗帘都安静了，她一坐定，整个屋子安静了，尘埃都落定下来，茶水静如平镜。她看着我，开口说话，我慢慢镇定下来。她说，她看了上期杂志我对酒店的采访，很喜欢我的文字。我听着她说着如何喜欢我的文字，我看着她的脸，突然开始致幻，她说了些什么我都记不清楚。我突然听见自己说，我想给副总您约一个专访，请您一定不要推辞。她的脸微微地红了，但没有拒绝。广告很顺利，她签下了半年，六万块。我想为她写什么呢，写她让我看到自己愚蠢的躁动？以及浅薄的喜形于色？我给她约专访，应该说完全不是因为业务上的关系。是的，这些年来，躁，从来就没有离开过我，我从来不认为她那样的气质是先天的，它恰恰是经过时光打磨后沉淀出的深厚的、内在的大静，它跟智慧有关，跟性情有关，但跟养尊处优却未必有关。这样一本时尚杂志，我去写一个女人的气质，她的主张，她所传达出的信息，还有什么会比这种东西更性感的？

　　签了单出来，在冬日的艳阳里，我长长地舒了一口气，我可以一个月不用那么拼命了。我请厚街的朋友去吃饭。她住在厚街一个工业区的附近，那儿是一个热闹的街市，它竟然跟广州的棠下一样，有一条肮脏的河，常年发着腐臭。食肆就在那里，一溜大排档，昏黄的灯，从来都是午夜的倦意，有时起风，它吹鼓了挡风的布帆，它把人们的喧哗也吹得四处飘荡。工厂里下了晚班的打工仔，在那里请他们的姑娘吃饭，低档的饭馆，女服务员伸出手，黑黑的指甲盖，她们穿着低腰牛仔裤，露出一箍肥糙的皮肉。再往前走，是水果摊，桔子黄黄的，码得很高，远远望去，它们身上闪闪点点，像是被淋湿了。摊主隐在光线不好的暗处，待你走近，他们才冒出来，随后，他的身边还会冒出一两个脏孩子，安静地，睁着大眼睛看着你。后面就是一个小型的小商品市场，它散发着潮湿、腐臭的气味，市场里摆着台球桌，一群小青年围在那里打球，我看到那脏兮兮的白手套，指套都脱了线，但这不要紧，关键是要有周润发的味道。也有女孩子打球，穿着低领的 T 恤，趴在桌上半蹲的架式，露出两个圆球一样的乳房，俗气的性感，模仿的拽。再往里，更阴暗了，那里五块钱的 T 恤，十块钱的文胸，还有很多假皮包和成堆的拖鞋，一扎扎卖臭干子、炒粉、糖水的摊子塞在过道里，穿着低胸露背，化着浓妆，皮肤不好的女人在那里进进出出。我们找了家还算像样的湘菜馆，两个女子，点了一桌子菜，喝了酒，我对着这个在镇里唯一有交往的朋友说了很多胡话。她说我的脸滚烫滚烫的，目光有些疯狂，她说她走进不了我的孤独。反之，我也一样。两个写文章的女子，没有相惜，那太矫情。淡淡的距离，静静地相守，却有相知的温情。

　　我在虎门的时光，似乎没有专心去做业务。不，应该说，我从一开始并没有一门心思地去赚钱。我打量着虎门。相比常平和厚街，虎门有一种别样的气质在吸引着我，南派时装之城，到处都是制衣厂，空气中有棉丝绒的工厂，它们塞满了各个角落，那些旧楼房，仓库、住宅、作坊像虱子一样多，那里面时而传来孩子尖利的哭声。焊死的防盗窗，漆黑的安全通道，锈蚀的、滴水的管道，此外还有更多永远潮湿的地方，趿着拖鞋，头发蓬乱的干瘦男人在楼道里来来往往。在服装的海洋里（所有东西全被淹没了），我看到疯狂的鸣笛声，堵塞，匆忙的身影，南来北往的人，推着架子车，要是谁挡着他的道，他就大声诅咒，窒息的卖场，浩瀚无边的货物，装卸，通道，停车场以及发臭的运河，它们混合着烧烤的油烟气味，它们拼命地抽打时光，大笔的现金交易，人流，物流，它让一个注视它的人茫然，不知所措，并再一次被卷进这混乱的漩涡。虎门没有闲暇去理会一个写文章的女子，它要忙着交易交易交易。我在虎门做的两笔单非常干净利落，没有周旋，没有太多铺垫，长长的空白留给了我，我成了闲人，这让我有更多的时间和距离去观察自己。我并不急于回常平的公寓，我领着在广州已分手的男友去游虎门鸦片战争博物馆。他出差在此地。

他一下子把广州的气息和记忆带给了我。我疑心自己呆在虎门不走的原因跟他有关，但不愿证实。走进鸦片战争博物馆，一个突然安静、阴暗下来的建筑物，类似少林寺的藏经阁，阳光从楼道的窗户泻下来，尘埃在阳光中闪闪发光，散发着隔世的气息。它的门楣正斜对着一池静水，两对假鹤，几弯垂柳，正像一个倦怠的美人打着哈欠。即使在中午，这建筑的内部阴沉，外面却阳光猛烈，鸦博馆，一个被突然抽离时空，一个惹眼但却又被遮蔽的建筑，走进去，就走进了迷宫，立在门边的大圆柱被幻像成勃起的阴茎，向内，是一处骚幽，它凹陷，随着梦境陷落。它暗示着一种色情的气息，我和他都被这暗示指引。他搂紧了我的手，我感受到他灼人的温度。我们一出来，阳光突然打开，四周响起洪亮的宋祖英的《爱我中华》，一群戴着红领巾的孩子在宣誓，这明亮的上午。

我相信两个人连在一起的那一刻，命运是相同的。我们如何才能连在一起呢，两个身体，在摸索，在拼命地寻找各自想要的，我们连在一起了，变成了一个人，那一刻，我们是一个人。之后，我们的身体分开，继续彼此孤独，像左耳和右耳。一股强烈的悲伤涌上来，我紧紧地抱住他，想把他嵌进自己的身体，他轻轻地说着，跟我回广州吧，回广州吧。啊，广州，我曾经彻底失去过自己，爱情无法让我获救，它太弱了。它无法医治孤独。我在深夜沉默着。哲学式的沉默着，这样的沉默在常平，在厚街，在虎门，我停不下来了，我着迷并深陷于这孤独的内心之旅，并开始依恋着它。我要感知的，是在飞的某一瞬间，重新看见自己。就像在匆匆的一瞥中，惊见真实的脸，而在混沌中看见它的人，不顾一切地追随着去。

2007.11

漂泊、爱情及其他

　　我想这件墨绿的套裙就不要了吧，还有这两条旧牛仔裤——这件银灰的呢大衣要占行李箱的一大半，而且在温暖的南方简直穿不上，但这是他在广州给我买的，无论我到哪里都会带在身边。又要到一个新的地方去工作。明天就走。开箱收拾着行李，不常想起的人或者事，都再一次被一一擦亮——我什么也没有忘记。

　　记不清这是第几次迁徙。行李是一次比一次多，尽管每次我都会扔掉一些。下半年我会添置笔记本和数码相机，到时那两样东西可不能就这样毛手毛脚地乱扔乱放了。眼前的东西，几年之后，还有多少能保留下来的？不知道这叫不叫残酷，一路结识交往的人很多，都曾住在一个屋檐下，走了之后，没有几个是有音讯的。先不说别人没有情义，就是自己，走了之后通常也是石沉大海，漂泊的人，讲的都是一个随缘。

　　宿舍的客厅里，电视的声音开得很大，宿舍的几个女孩和她们新交的男朋友坐在沙发上打闹。我写着日记。

刚到广州时住在珠影厂，是老板的旧居。我和公司的会计，一个河北女孩子住在一起。我对她印象最深刻的是，她老是认为自己非常美貌。一有机会就向我炫耀有多少男人在追她。我们俩平摊水电、煤气、电话、卫生等费用。不到一个月，我离开那家公司，搬走的那天晚上，她不断地提醒我，过几天这些费用的单子就打出来了，叫我一定把公司的电话、地址留给她，她会到我公司去找我的。我一一写给了她，但过了一会，她又说，这样不好，还是先预付吧。于是我按照她说的，先支给她七十元。我知道，她怀疑我提供的公司地址不可靠，到时根本找不到人。这一切我是理解的，我看着这个比我小七岁的女孩子，很惊讶她的老练和周全。我提出请她吃晚饭告别，她答应了，吃饭时向我保证要是我多出了钱，她会去我公司还给我。我只是微笑，叫她吃饱。

后来他来了广州，我从同事那搬出来和他住在一起。在那间租来的小一室一厅里，我们过着简朴而甜蜜的日子。一个多月后，他回老家办事了，走的头天晚上我们紧紧地抱在一起做爱，既痛苦又凶狠，完全没有了平常的温柔和缠绵。而我也因工作被调往顺德。临走的头一天，我在家收拾着东西拿到旧货店去卖，我们俩在超市买来的压力锅、电饭煲、煤气灶还有那么多的锅碗瓢盆……我在前一天夜里都洗得干干净净，就像对待待嫁的女儿，我不停地流眼泪。那一对吃饭的小碗很漂亮，是拙朴的粗陶，我挑的，舍不得卖。看着它们就想起跟他吃饭的情景，碗很小，我的男人每每要吃上五碗才吃饱，总是要跟我比赛谁吃得多谁吃得快。然后就大声地赞叹我炒的菜是多么好吃，接着又夸我多么能干，碗洗得多么干净。我是不会上当的，要洗碗，得掷硬币决定才行。

那个被我擦得锃亮的压力锅是他要买的，他说要常煲些汤，我们俩这么瘦要常补的。我对煲汤没什么经验，煲出来的汤很淡，不见油，没有那种汤的浓香。结果我被称作是个小笨蛋从厨房里赶出，他系上我的围裙亲手来做，并让我看好了。天晓得他做的当归鸡汤有多么难喝，苦苦的，还满屋子药味。每次在睡觉前他都会强迫我喝下一碗，说是很补的。若不是冲着他那么费精力地为我做了，我真不愿喝。现在，我要卖掉它，揭开盖子依然可以闻到当归的药香，那段生活却是不复返了。

旧货店的小伙计上楼来拎东西，我的眼泪立即流了出来。我一样都不想卖。一样都不。他将一个小架子车打开，把东西都放在上面，我不停地叮嘱他小心些，别摔坏了东西。果然菜刀就滑下来，这菜刀在我切菜时曾割破了我的手指，他见到立即把我的那个手指头放进他嘴里吮吸着，看着我时，眼里满是爱情。那小伙计很利索地处理好后将一叠纸币递给我。屋子骤然就空了，我心里也是空落落的。

衣柜里还有几件他没带走的衣服。我闻见那上面还有他身上的气息，觉着他并未走远，还在我身边。我也把它们叠好放进行李箱里。床上的被子、垫单我将都带走，我想在一种熟悉的味道中入睡，那样我才能睡得好。枕边的卷筒纸、安全套、杂志还有他的香烟我都一一收好，一并带走。

屋子变得陌生了，就像改变了的生活，冰冷而死寂。我跟他的家就这样没了。尽管他的话还在我耳边：我很快就回来了，我的小亲亲，你要保重，千万别一个人走了！但是一种预感让我觉得所有的这一切都不可能重来。现实的障碍太可怕了，换了谁都难以取舍。我知道他的妻子是个极厉害的女人，她绝不会同意离婚，孩子一个也不给他带走。而他又那么爱他的孩子。

只有我走了。我只会选择离开。到他再也找不到我的地方去。

坐在去顺德的车上，我一边哭一边劝自己要坚强。每一次的迁徙，都会有天涯孤客的伤感。那一次迁徙，我告别了我的爱情。我总是学不会快乐地活着。

　　一年后，当我准备再次从顺德返回广州时，充分证实了自己是一个不会快乐的人。在我们顺德公司的宿舍里，住着很多的女孩子，她们也是在珠三角一带迁徙，而每到一处她们都会新交上男朋友，并同居在一起。她们毫无禁忌地大声谈性，并相互交流避孕经验。而老板们从来不过问员工的私生活，他们只关心业绩。我总问她们，难道分手不会造成伤害吗？难道这种事情可以这样轻率处理？难道这些事不会给心灵蒙上阴影？难道……你们不愿真心去爱一个？我的问题太多了。我感到沟通的困难，只是沉默。我分明感到这群年轻的女孩子们过得很快乐，她们没有我的那种可笑的障碍。这种障碍让我跟她们隔阂，我无法也不愿去分享她们的一切。那种快乐绝不是一种对自己和对生活的不负责，而是一种态度。她们工作都很玩命，热情、友好、坦率、真诚是她们的共性。她们的迁徙，意味着又一次新的生活的开始，又一次兴奋的人生体验。同时，我分明感到用所谓道德标准去评判这一切是多么不够！在她们那我看到被拓宽的生活，痛苦的领域被转移，一种来自能力、技能方面的较量是她们极其在意的。而对于情感，对她们的伤害却未见有多大。好像无所谓谁对谁错了，只存在谁乐意或不乐意。而我不快乐地活着纯粹活该。

　　那种没有爱情的牵绊的快乐，我要它有什么用？我真的完成不了这样的转换。

　　再次回到了广州。广州于我有多少令人心酸的回忆。房子是诗人朋友哨兵托诗人魏克为我租的。在石牌东的小酒馆里，我和诗人魏克成为了好朋友，谈得最多的是诗歌。孤独。男人女人。还有我们这一代人骨子里固有的东西。一种对痛苦的不妥协还有那种强烈的孤独感的排他性。所有这一切是很难融入现实的。魏克除了诗歌和漫画，他还有酒，多好。一直以来，我深陷内心的孤独，变得少言寡语。两个不多言语的人碰到一起竟然会没完没了地聊，好像是在满足一种饥饿，我知道，我们在内心存在交流的渴望，关于诗歌、我们这一代人、关于孤独和内心对纯粹爱情不泯的希望。

又要离开广州，我想起那一次我一个人去顺德的情景，心里默默地念着那个再也没见到的人。广州，有人在那儿丢失了她的爱情，再也找不回来了。广州，有时多像是一个驿站，我总是呆不长，并不刻意去躲避什么，匆匆地来又匆匆地去，总是有各种各样的理由去广州，然后又怅怅地离开。去东莞的那天早上，我用手机唤醒了从不早起的魏克，叫他赶来帮我背行李。行李有一百多斤，连魁梧的魏克从六楼背下来到巷口打车都累得鼻尖冒汗。我感谢他在困难中帮了我，而魏克在这方面的表达是笨拙的。他叫我好好保重。现在已有半年没见到他，不知他在广州过得好不好？回想跟他在广州的那段时光是多么愉快，一个星期我们会在石牌的小酒馆里吃几次火锅，聊到深夜。这也许是打工漂泊生涯中极其难得的相遇，我深深地体会到了这一点。有时我很想回广州找他喝一次酒，好好聊聊，不为别的，只为好好聊聊。

现在，我已收拾好行李，明天将去东莞的另一个镇。宿舍的女孩子们同她们的男友一起出去了。我也写完了日记，刚才她们还叫我一起去宵夜，我没去。当时门砰地关上了，我听见有人说，不去就不去，真是，怪女人一个！这是在说我。我抿嘴笑起来。

2003.4

第二辑
隐秘的汇合

隐秘的汇合

那些神秘而心神领会的瞬间一下子擦亮了整个世界，它突如其来，在无聊的生活场景里，在主格缺席的现场里，在无数的疲惫和倦慵的深海里。而后来的那一段时光，我开始一遍一遍地爬梳过往的那些心神领会的瞬间，那些通了电的对视和打量，那些相互窥视着彼此那不为人知的另一面，欣喜，试探，并迅速地辨认出跟自己相似的那一部分。我们从来都是相爱着的，从来都是。这样的相爱是一种隐秘的汇合，它让我确信并且认同，我们并没有无视于某种准则而活着，也许刚好相反。一直以来，我相信它就沉在更深的内心，是暗河，等待一次次被唤醒，然后发光，直至我通体透明。这是一种不可或缺的飞翔，现在，我说出它的意义。

"你真的要去福州工作吗？真的要放弃眼前的一切？去那种工厂打工？"之前我的朋友在电话里反复地问这个问题。为什么仅仅因为呆在深圳就会让他有一种优越感？福州就那样不值得去吗？我为什么不能去工厂打工？我试图回复他一个理由，不，是回复自己，我试图说出，艰难地说出它，但它始终哽在喉管里。他不知道，很多东西对我已不重要了。

这是一家大型的珠宝加工厂，在福州金山工业园里，有漂亮的办公楼，厂房和职工宿舍，从我三楼办公室的窗口望出去，可以看见修剪得很平整的草坪，还有空空的篮球场，穿着蓝色工装、长相平平的女工，她们三三两两地走过。时间慢得出奇，就像手中的茶，它是被遗忘之后才冷却的。这个巨大的建筑物几乎与福州市隔离，也让我跟外界隔离。从我进来的那一刻起，我就强烈地感受到了。司机把我从机场接过来，魁伟的保安笔直地立在大门两边，电动门缓缓地移开一个口，车刷地开进去，我顿时感到一下子掉进了无边的宁静里。我知道，在未来的时光中，这种宁静将一直伴着我。

工厂所有的人都住在这里，这是久违的集体生活。匆忙的早餐，丰实的午餐和晚餐，那淡淡口味，浓腥的海鲜，很快就让我适应了，我以一种少有的安逸品尝着花蛤、蛏和蚶们的美味。

出了宿舍，就可以看见公司的宣传栏，里面贴着公司新闻、珠宝专业知识、励志名言、见义勇为事迹和很嫩很嫩的风花雪月，我看着笑了笑。负责宣传栏的是一个本地男孩，长着青春痘，因为负责这个工作，有一点自视清高。我想着这些仍是笑了笑。在厂门口的保安室里，很多从外地寄过来的信件晒在窗玻璃那里，我看见那上面歪扭的圆珠笔字迹，脸上长着桃子绒毛的女孩子拿到它，高兴地笑成了一朵花。往外走，拐右，穿过长长的水泥马路，我就可以看见闽江，它微微地翻着浊浪，风很大，露天广场的水银灯下总是有很多散步的闲人，音乐响起，老太太们跳着扇子舞。我时常晚上一个人去江堤走走，有时我在台阶上，抱着双膝，一小时一小时地坐在那里。没有人认识我，但这有什么关系呢？

工作和生活一样，调子是慢的（这是相比深圳而言）。做一个计划上去，开会讨论下来就得好多天。我也许需要这样的环境，将自己完全地舒展开，去细致地治疗我的坏脾气、游移的眼神以及太多的内心的纷扰。但是，这不是目的，不是。先前，我总是力图要一个来福州之行的理由，不，我或许更想明白，我到底想干什么。我似乎得冒一种风险，一种破坏我过往生活、包括我或者许多人认定的那种价值观的……生活。我从来没有有意识地、固执地、狂怒地坚持着一种不同化，具体是什么，我也说不清。我不太喜欢谈事业，这个词太大了，大得跟我无关。我似乎无法谈什么前途，谈赚钱，谈什么寻求个人自身价值认同感之类。到底为了什么呢？我也不知道。是的，我不知道。流浪多年，我是不是偏离生活的靶心太远了？厌倦和疲惫的尘埃将我蒙得严严实实。

这个工厂将要实现从做工厂到做品牌的转移，我这个从深圳聘来的企划部经理将要为它进行一个全方位的品牌策划。刚接手的时候，它的品牌形象、定位、内涵已定下，是请了一家专业的广告公司做的，全套的品牌 VI 手册。然而公司实际的操作却根本没有按照品牌规划的要求，品牌内涵讲的是一个浪漫的爱情故事，它阐释一种追求纯真爱情的人生态度，一种爱情至上的文化。可是品牌形象的那个法国模特居然以另类的造型出现在所有的宣传画册中，她的脸贴着彩色的羽毛，戴着奔放的银饰，裸着足且目光狂野。色彩则是很酷的黑与深蓝。她无论如何也不可能传达出一种"追求纯真爱情的人生态度，一种爱情至上的文化"，如果拍出玫瑰色系的花瓣雨，模特洁净、梦幻般的大眼睛做憧憬爱情状，那样的话还差强人意。以我的脾气，不，依照品牌运作规则，这个模特造型无论如何得换下，这样走下去，这个品牌将是荒唐的！

此外，同样重要的是产品的定位，这样一个时尚浪漫的新品牌，其产品依然是十年前的款式，戒指依然是单颗四爪镶的，宝石一律傻傻大大的，毫无创意，吊坠的造型非常死板，宝石一整砣结实地板在那里，缺乏灵动和创意，丝毫没有体现出材质天然的肌理，色彩的运用极其有限。我猜想，设计珠宝的一定是一个古板、老土的老头子！他行动迟缓，目光呆滞。

提交了整改方案，我要求重拍模特造型，重新定位产品架构。我的语气是不容置疑的，带着一种专业自信的霸道。后来，我的一个朋友曾这样解剖我的心态，他认为，我之所以这么较真，是因为害怕在业内被人耻笑如此糟糕的策划竟出自我的手。真是高人！我听着笑了笑，就像当初想起宣传栏的那个男孩，就像想起脸上长桃子毛的女工拿着字迹歪扭的来信。

但是重拍形象模特造型被公司否决了，因为费用的缘故。产品定位的问题，可以跟设计师沟通。

这是我见过的具有一种罕见的、难以言表的气质的女人，这样的气质在这里是一种多么惹眼的别扭！她竟然不是穿工作服上班。她头上系着忍冬藤底纹的绛色布巾，齐着额往后系成一个帽状，身上披着绛色的棉布褛子（棉线编织的肩带），长挂着一串野性十足的贝壳项链。如果我没有看错，这个吊坠是国际大溪地珍珠设计大赛获一等奖作品的那件，两个半月亮形，用银环穿成一个圆，简洁、粗犷，直接呈现材质原始魅力！（她那个当然是仿造的，并非获奖原件。）腕上是未封口的有着咒语般底纹的粗银镯，她那雀爪一样的瘦手指上套着黑银镶绿松石、红珊瑚的戒指。（典型的藏族风格的银饰品，也是我所钟爱的。）右耳戴着半径足足有四厘米的蛇形素银环，明晃晃，在她举手投足间。这应该是一个会用纸牌算命的吉卜赛女巫才对，我感到，她这身的行头如果在我身上，我们就会有一模一样的灵魂，和一模一样的气味。这个想法真让我吃惊。她跟我一样，热爱着银，天然的石头和棉布，对金和钻石却未见有多大兴趣。这绝妙的女人，她这样的衣着品味，怎么会设计出那样难看的珠宝呢？

她是闻到我的来意的。她淡定的表情好像延续几个世纪，仿佛所有的东西都跟她无关似的。丢了一支香烟给我，她自己也抽出一支。两个女人烟雾缭绕，她拿出一本厚厚的首饰设计图册给我看。我肯定这是一个艺术家！全部是手绘的，我接触过太多的电脑首饰设计，甚至是电脑模拟的产品效果图，都无法让我有这样的震撼。她的首饰设计都是传统的造型与纹饰，在现代设计理念与现代审美的重新组合下赋予的新含义。以古埃及古希腊的柱式建筑为蓝本，强烈地表现出了后现代的复古主义，装饰性和隐喻等风格，表现出极好的材质肌理语言。我先前见惯了太多对古典意象的写实的作品，而在其中看不出半点个人观点、个人立场的现代意识的珠宝设计，这个女人，将满是藤萝底纹的银设计成正方体，三个连串在一起，用黑皮绳系住，一个利用古典意象又以现代空间、几何图形呈现的作品就出来了，干净，处理得相当利索，不留痕迹。

她告诉我，当今国内的首饰设计的滥调就是所谓，越是民族的就越是世界的。这话一出口，我们会心一笑，是的，近两年来，首饰设计铺天盖地地出现了从大屋顶到门格窗花、中国结，到禅、八卦、太极等意象，这种刻意恰恰是违反自然、随缘的传统的东方文化气质，堆砌的纹饰成为毫无生命的中国招牌！

这样的设计师，如果在深圳或是香港身价不菲啊，难道她自己不知道？我环顾了一下她的办公室，这样的一个人物，怎么甘于呆在这样的一个工厂？同时，我又反问自己：那么她应该呆在哪里呢？在哪里呆着对她而言是恰当的呢？深圳吗？香港吗？

"去了深圳和香港会有什么不同呢？"她问我。

那么我呢？我应该呆在哪里？呆在深圳做记者吗？做策划总监吗？做项目经理吗？这才是恰当的？我为什么来福州呢？为什么四处流浪？我说不清，说不清。我只知道我得冒一种风险……我当然明了她设计出的那些难看的首饰完全是因为工厂的市场要求。太多的时候，谁能绝对地任性？她，能任性到上班时间穿她想穿的，想来老板成全了她的这一任性。但如果任性到按自己的意愿设计珠宝，而不顾工厂的市场需求，那肯定是得不到批准的。这不一样。就像我，能够按照个人的意愿换下不当的模特造型吗？我能因此放弃工作，玩个性撒手走人吗？而在我们内心，我们一直坚守着我们热爱的那些事物，并清晰地知道什么才是最好的。去深圳和香港不会增加或者减弱我们的坚守，也不会让我们更清晰些。它改变是另一种东西，我们不太在乎的那些东西。

如此糟糕的策划出自我的手，被业内人耻笑又有什么关系呢？我无须去表白什么，去澄清什么，这些都不重要。

跟她一对视，我们心神领会，我们彼此照亮对方，整个世界在瞬间被擦亮。这细节的共谋，强大的性格对生活的妥协，而另一面，在我们骨子里却义无反顾地坚守。在这个完全不设防的时刻里，我感到我们一直是相爱的。这样的相爱是一种隐秘的汇合。这里面不仅仅是一种理解，更重要的是感知到一种更深意义。"去了深圳和香港会有什么不同呢？"这句话包含了太多的认同，什么事业、什么价值认同、或许还有什么别的，我似乎不太能说清。"我得冒一种风险！"它让我觉得自己离自己越来越近，越来越清晰。我甚至感知到也许还有很多人，跟我们一起汇合着，我们未曾谋面，但我们彼此相知。当我们相互感知的时候，一种清澈的、飞翔般的感觉笼罩着我。不可或缺的飞翔，给予我新的激情和一种获得命名般的最初快意。

一个从内地来深圳发展的同学投奔我，他说他只想进深圳特区报或者南方都市报（他一直纳闷我为什么没有去这样的大报），他的确具备这要求的条件，新闻本科生，又有七年的新闻工作经验，大大小小的获奖证书是一大摞，我相信，他完全能胜任深圳特区报或者南方都市报记者的工作，完全能。但不幸的是，这个国家具备他那样的条件的人太多了，他的任性就是没有意识到这一点。对于我在广东的经历，他是难以想像的，也是难以置信的，一个中文本科生，竟然去做低贱的广告业务员！而且是底薪五百的那种！他更难以想像我做过电子产品推销、化妆品推销，广告公司的文案员，而且，他对我来广东的计划非常不解，哦，不，我来广东根本没有什么计划，没有。我游遍了整个广东省，没有目的。我在什么时候学会了品牌推广和品牌策划这种东西，什么时候又进入了珠宝行业，做起了珠宝媒体？最初的时候，我是如何放下面子去做那一切的？这一切，他都难以想像：因为，我变得没有追求，没有梦想！

他不会明白，于我而言，从来就不曾有过什么"放下面子"一说。他更不会明白我选择做什么从来跟我的精神取向无关。当我以某珠宝媒体市场总监的身份跟他说话，他羡慕的只是我的成功，我知道，有些人我永远跟他们隔阂着。我只能闭上眼睛，抿紧唇一言不发。因为疲倦和厌倦，我放弃表白。

他最终通过种种手段终于进了深圳的某报，非常得意，因为总算有了面子。作为一个来深圳发展的内地人，他在深圳的发展开始了，一切将是目标明确，正如他常挂在嘴边的几个关键词：事业、成功、个人价值……在一次财经新闻发布会的现场中，他在采访一位市领导，他看上去显得踌躇满志，干劲十足，我清楚地知道，一个聪明、有实力、务实的年富力强者在深圳是能成功的。他将是深圳一个典型的成功范例。多么健康的人生，有追求，有梦想。我想，我一定是出了什么问题，一定是，我何尝不具备这种成功范例的条件呢？

"我得冒一种风险！"我在电话里告诉我的朋友，也明确地告诉自己，我艰难地说出了它。我想起多年前我曾工作过的一个露天钢铁料场，有一天，我突然发现一个年轻的钳工在看一本《米沃什诗选》，我抢过了那本书，我们对视着，试探着，强烈感觉到了彼此相似的那一部分。这个世界在一瞬间被擦亮，我觉得我跟这样的人一直是相爱的，从来都是。这样的相爱是一种隐秘的汇合，它会在我们内心彼此温暖，并在一种精神的取向上相依为命。他至今还在那个钢铁料场做着钳工，依然写着他的诗。而我依然流浪着，为了生计，不得不从事各种各样的工作。我时常想起过往的那些心神领会的瞬间，就像遭遇到一种突如其来的爱情，直至我通体透明，一种不可或缺的飞翔，我轻轻地说出它的意义。

2005.8

耳　光

　　那天的门是轻掩着的，门缝里，一双睫毛慌乱
地抖动。她看见茶杯被愤怒地摔在地上，那破碎的
声音让她的心一阵一阵抽紧。紧接着，一个清脆的
耳光从天边响起，它带着叠音，不断地响起，母亲
的哭泣，以及她随之而来的瘫倒在地，椅子倒了，
它倒得很慢很慢，先是倾斜，椅背向下划着弧，接
着两只腿向上，向上，然后椅背开始着地，它磕响
了地板，随后它又往左翻滚，朝里，躺定下来。一
个无法磨灭的响亮剪影。多年后，它依然清晰在我
南方的梦境里。父亲的手掌，带着酒意，带着他的
怨恨，以及对自己的绝望所带来的悲伤，它痛苦地
落在母亲的脸上。耳光，这施暴及侮辱的符号，对
那对才十一岁的睫毛来说，它不再是一种慌乱和手
足无措，当它响过的那一瞬，忧伤和沉默同时也过
早地落在我的脸上。

　　我是不能看到这一幕的，我只能逃离。那个时
候，夕阳野炽炽地染红了一片天空。我暂时无家可
归。沿着一条窄窄的煤屑路，穿过厂区破旧的居民

楼，往左，再爬一个小坡，就能望见那面不大的湖，夕阳洒在湖面上闪着金光，对岸，零星坐着垂钓者，他们蹲在草丛里，一动不动。一丛一丛的茭芭禾在微风里摇动，带来湖水浓浓的腥气。野菱角铺长在水面上，几个放学的小孩卷了裤腿下水去摘，在没有植物的空白处，有水蛇衔着水波一路游过。岸边就是铁路，煤及钢料从这里运进父亲工作的炼钢厂。我只能来这里，这空旷、荒凉的郊区小湖边。坐在长满马齿苋和车前草的铁路上，望着湖水，集中于一个意念，只想望穿湖水。

最终我得回家，走进堆着蜂窝煤、停放凤凰牌自行车的楼道，远远望见家门口的路灯是亮的。拿钥匙开了门，屋里是温馨的灯光，晚餐摆在圆桌上。母亲问我怎么回来这么晚，我只得低着头，不想去辨认母亲的脸，我害怕会发现真相的气息，其实一进门，我就开始使劲闻着那种气息。地上没有了碎瓷，椅子也端正地立在桌旁，但我还是害怕正面去看母亲的脸。母亲盛来两碗饭，说你爸爸喝醉先睡了。在我成长的记忆中，我的父母从未当着我的面红过脸。多年之后，我才懂得，这是他们为了避免在我成长的经历中划出伤痕，毕竟他们还算是知识分子。面对面的晚餐，没有任何异样，重复的寒暄而已。吃完，母亲依然坐在沙发上边打毛线边看电视。而我，已开始写日记——这让母亲一直不安的坏习惯。整个事件，虽然隐瞒着，但却没有刻意演戏、虚假的痕迹，它就那么从容。母亲没有特别地露出更多的笑脸，也没有预想的悲伤愁苦。仿佛我的父亲从来就没有打过母亲一耳光。当然，我的表现是：我从来就没有看见父亲打了母亲一耳光！一样聪明的母女，玩着两边滑的把戏，我知道她看穿了我，这个有着太多秘密的坏孩子，这个长着大眼睛、谁也不知道她在想什么、不大合群一直让母亲深深担心的坏孩子。

这个耳光，在我们家，它是不同的。它应该潜着巨大的风暴。

它是两个知识分子武力的最高形式，是一方对另一方自尊的践踏和对自己内心脆弱的彻底摧毁。它的伤害，显然不在肉体。它更像是一个句号，是一种东西破碎的声音。彻底，干脆，没有回旋的余地。我闻到可怕的气息：它将父母推向分裂的边缘。对于一个十一岁的孩子，还有什么比父母相爱着更让她幸福的？

　　我的同学谷英住在离我家不远的民房里，我时常去她家约她跟我一起上学。谷英的父母是炼钢厂的临时工，她跟我一样，在炼钢厂的子弟学校读书。谷英是快乐的，是那种爽气的快乐。中午，在她家等她做完家务一起上学，我时常目睹她的父母吵架，从来都不会避开我和他们的孩子，他们凶狠地扭打在一起，口里说着最恶毒的诅咒和最下流的脏话。我呆在一旁，表情自然，不敢故意去回避，因为担心谷英难过，怕她会误会我厌嫌她的父母。谷英像没看见似的，做着她的家务，完了，她轻快地拿起书包，跟我一起上学。临出门，她对着扭打在一起的父母说，你们有完没完啊，也不嫌丢脸。我理解谷英的快乐，她的父母尽管经常这样地扭打，但他们会永远地在一起，永不分开。

　　如果我的父母扭打在一起，不避嫌地扭打在一起，我同样能平心静气地在房间写作业，因为扭打，它是一种平等的伤害，是有欲望继续伤害下去的伤害。但是耳光，这看似没有扭打来得激烈的耳光，它终止了进一步的暴力，它让扭打没有成为可能。因为它就是极致。自尊的较量，精神的对垒，矛盾的僵持，在失控，完全不顾后果的一瞬间，耳光，带着愤怒终于揭开了谜底——我已经完全不顾伤害到你了！不，我要用最凶狠的方式伤害你，侮辱你，践踏你！就在这面对面。即便对方反抽一个回去也都没有用，因为谜底已揭开。耳光，这杀伤力最强的明枪，无所顾忌，它昭昭然已不屑于暗箭了。

　　我下意识地摸了一下自己的脸，右脸。当我还没有回过神来的时候，它就干净利落地挨了一记耳光。这就是这张右脸曾有过的遭遇。这是一记美丽的耳光，那清脆、有着金属质感的声音一直让我珍藏。它发生在女孩子最美好的那个时期，脸上长着桃子毛，唇红齿白，穿着绿颜色的毛线衣，梳着马尾巴，发根至发梢干净明丽。有男同学喜欢了吧，是的，应该是有的。我终于被几个女孩子堵在角落，为首的那个漂亮女孩子恶狠狠地指着我，就是你抢走我男朋友的！说完，她那嫩嘟嘟的手掌就掴到我脸上，一阵风，敞开的管袖里，我闻见来自她肌肤的清香，很冷冽的气质！小嘴龇着牙同时愤怒地冒出一个"贱"字，拖音长长的，那记耳光，我清晰地尝出，她恨我，恨我入骨，她那肉肉的手掌，指尖颇为有力，它们在离开我的脸的那一瞬间，仿佛又着力狠狠地刮了一下。右脸一下子像着了火般，燃烧起来。为了一个男生，一个女孩子下着决心当众去掴另一个女孩子，跟她彻底撕破了脸，跟她结仇。它发生在十六岁那年，以我的早熟，我从来就认为，这可爱的耳光，这水嫩的耳光，我要珍藏一生。我时常想，我会不会这样不顾一切后果地去掴别人耳光呢？问题是，我会不会入骨地、疯狂地去仇恨一个人呢？如果要掴，是用左手还是右手？不，如果我真的要掴一个人，我想，应该不是用手，我应该是用我薄薄的身子骨、整个生命、全部的悲伤以及我那河水一样的命运掴过去，掴过去。然后让它发出破碎的声音。

我会掴过去吗，这样一记耳光？仇恨和嫉妒是我永不具备的心理特质，但是愤怒和疯狂呢？我天生的沉默和艰忍，我的早熟，让我长期独自消化内心的悲伤，一直以来，我像一个巨大的容器，吞咽着生活的所有苦难。我会不会愤怒和疯狂呢？然后去彻底崩溃自己，再作为一个陌生的旁观者，好好地打量一下自己？

多年后我只身来到南方，做着品牌策划的行当。那是一家法国品牌的代理公司，董事长是个江苏人。刚刚启动的国内加盟连锁业务，用的也是重新注册的一个新品牌，定位于浪漫、时尚。我负责加盟连锁前期的品牌策划及推广工作。对于这个新的品牌，我要赋予她一个高贵的出身，一个历史久远却又流传至今的浪漫故事。商业的操作从来都要跟文化和美有着天然的联系，这样的联系要看上去是天然的，它从来传播的是一种文化和美，仿佛与生俱来。它抚摸着我们的虚荣心，在真正的市场交易中，它这样去说服锁定的目标受众：呵，我是一个文化人，我是一个懂得美的人！我不仅仅购买了这个品牌的商品，更重要的是，我像这个品牌宣称的那样，把浪漫和时尚看成是一种生活态度的人！一个具有魔力的圈套，我，这个概念制造者，要把一个历史上有出处的典故，加以幻化，然后移植在一个现代的品牌中，让它成为她的灵魂。让她活过来，让她开口说话，让她表达主张。

我要让她看上去天生就拥有那古老的灵魂。

总公司那边马上委派了法国顾问来跟进这个工作。因为我不懂法语，公司聘请了一位叫萨宾娜的女人做翻译工作。这个浑身散发香水味、穿着黑色丝袜的广东女人，第一天来公司就看中了我的那间办公室，在她惊呼窗外开阔的美景时，董事长只好说这间办公室就给萨宾娜小姐吧。我只得搬到里间，跟董事长助理小姐坐在一起，她那儿每天的电话非常之多，时常干扰我的思路。虽然翻译小姐有些失礼，但这又有什么关系呢？

几轮会议下来，分工基本明确。我负责全套 VI、CI 的策划。法国顾问是一个看上去很风趣的法国中年男人，他用生硬的中国话向我问了好。会议期间，萨宾娜几次打断我的发言，只强调一个意思，我所有的工作进度由她那边调配及审核。从她那厚重的鼻音，她微微扬起的下巴和唇角的表情，她的额头那逼迫我的倾斜度，包括她的香气，我分明闻到一种气息：她瞧不起我！一个来自内地的打工妹，竟然去策划一个什么时尚、浪漫的法国品牌！我恭顺的样子，隐隐透着惊人的镇定，我的内敛中从来就有刚毅的铁质："萨宾娜小姐，请您尽快将法国顾问的发言翻译出来，整理好，下午给我可以吗？"

作为一个法国的浪漫品牌，我想到平面表现用艾菲尔铁塔和巴黎古典建筑为背景，基本色定为金黄和黑色，奢华而浪漫。然后再找一个气质古典、优雅的法国女模特拍一套品牌形象的广告图片。我会用诗意浪漫的文案配上去，根据定位，视觉识别的那一套（即LOGO和标准色和固定字体），可以找一家专业的广告公司设计出来，整套的CI，包括定位、目标受众分析、品牌故事、品牌理念阐释、品牌策略、推广策略、产品定位、产品架构等等，等我的策划案在法国顾问那里定下来之后，我就可以着手出加盟手册了。这是加盟连锁前期工作最重要的一步。

萨宾娜跟我说，法国顾问要在下周二看到我编写的品牌故事，因为要给时间她翻译成法文，所以我必须周一交稿。我一看，此时就已是星期五下午四点半了，如果周一要交稿，我必须周六、周日加班。为了赋予这个浪漫品牌一个高贵的出身（即她的缘起），我将情人节圣华伦泰的故事从古罗马幻化到法国，让这个古老而浪漫的故事成为这个品牌的起缘背景。我编了一个浪漫的故事，它发生在十九世纪中叶法国马赛。作为一个中国消费者，他几乎不可能去怀疑这个品牌缘起的真实性，更不可能去考证这个品牌的缘起。但作为一个品牌的策划者，我要赋予她所有的历史，使她有不同凡响的沿革。有悠久的历史，有明确的出处，它自然会有文化和美，尽管她还在酝酿中，她尚未出世。

我在办公室加了两天班，终于在周一交了稿。周三的下午，我问萨宾娜，法国顾问对品牌故事有何意见。当时，她正拿着小圆镜补妆，听了我的问话缓缓地说，我还没有看呢，周五再交给法国顾问吧。怒火一下子涌向了我的太阳穴。她是故意的！她在拿我做消遣，她当然明白我是加班赶出来的。我狠狠地瞪了她一眼，慢慢地将怒火咽了下去。我已说不出一句话。沉默和艰忍跟过去任何一次一样，它战胜了愤怒，它一下子捂住了我即将失控的嘴。

按照进度，我交了整个的品牌策划案。然后我等着上面的意见。几天之后，我突然被董事长叫进了办公室，他将调我去产品部，负责产品架构的跟进。理由是，产品这边一直没有指定专人跟进。但他后来又补充了一句，为了工作方便起见，品牌策划部那边就暂时由萨宾娜跟法国顾问直接沟通。我立即就明白了，后面的那个理由才是问题的核心，那个女人不仅抢走了我的岗位，她还抢走了我的心血。悲伤一下子笼罩着我，我强烈地感受到我的弱，我瘦小的身体，它薄薄的，它就那么可怜，那么可怜。我满是泪水的大眼睛，露出羔羊一样任人宰割的驯良。

我开始想着我三十年来的历程，它们没有血色，它们是一个巨大的容器，盛满了不忍回首的悲伤。墙壁上，我的影子被拉长，单薄而尖削。这灵魂的表情，让我看到了我河水一样的命运，一眨眼，就到了河中央。

一个月之后，品牌策划部那边没有任何动静。好像一切工作都被暂停了一样。当我穿过我曾经的办公室，总是忍不住要斜眼往里瞟，我总是觉得我依然坐在那里，一直都坐在那里。从未离开过。

我在一个客户那里发现了一本品牌加盟手册。这本手册里的品牌故事是以情人节圣华伦泰的故事作为背景的，将一个古罗马的故事幻化到了法国的马赛。这本画册的平面是以艾菲尔铁塔和巴黎古典建筑为背景，平面上面的文案散发着我的文字气味，包括定位、目标受众分析、品牌故事、品牌理念阐释、品牌策略、推广策略、产品定位、产品架构都跟我交给萨宾娜的策划案里的一模一样——

我可能有点疯狂了。我已不会愤怒，那女人私自卖掉了我的策划案给另一家公司，她本人直接获利最少不会低于一万五千元。那是饱含我的血汗，我的激情，还有，我倾注的所有热情，我的爱，包括我的体能和血液的温度，我灵魂的重量，我的毛发、脏器以及骨头的策划案，所有这些，一个单薄瘦小的肉身，它让那策划案无比沉重的肉身，现在，它开始有点疯狂了。它已不会愤怒。也不悲伤。

周一的例会，人都齐了，我将那本加盟手册扔到那女人面前，目光呆滞地问：我的策划案怎么会到了这家公司手里？那女人拿起手册，目光凶狠地盯紧我，她的下巴微微扬起，启唇之际，右嘴角先凌厉地翘起，她的额头向上倾斜到傲视我的角度，还有她那逼人的香气，毒蛇般地，她咝咝地发出：你竟然将公司的策划案卖给了我们的竞争对手！

我已经疯狂了。我的整个肉身作了一生中最疯狂的决定，我将我全部的悲伤、我的血、我灵魂的精骨、我河水一样的命运，用我如柴的右手凝聚着巨大的痛楚掴过去，不，它们是整个地砸过去！同时，我变形的嘴唇从胸腔发出沉闷的低吼：婊子！

我慢慢地倒下，倒下，先是身子前倾，左腿一歪，整个身子开始向左慢慢倾斜，接着，我的左腿开始着地，它也磕响了地板，紧接着，我的整个身子倒在地上，倒在地上，我就那么小小的一堆，一定很轻很轻。我想起了多年前的那张慢慢倒下的椅子。我无须捍卫什么，我是否清白也根本不重要。我听见有一种东西破碎的声音，它彻底、干脆，没有回旋的余地。天旋地转起来了，这纷纷扬扬的思绪在慢慢降落，当我再起身，我知道，这个世界根本不会有什么变化。

2005.10

2004，务虚者的水贝

　　车一过笋岗桥，我的喉管开始发硬，一股潮热的东西涌向眼眶。是的，马上到达的是田贝四路，水贝国际珠宝交易中心，万山珠宝工业园，紧接着就是十字路口，打横的是翠竹大道，抬眼迎面铺来的是爱迪尔珠宝大幅海报；往左，是水贝工业区，尽头，是太白路口；朝前走，是太宁路——

　　网一样的线路图通电般地清晰起来，两年了，当我再一次踏进水贝，它们就从记忆里一一复活，可怕的是，我竟还能准确地说出，哪家珠宝企业在什么路，哪栋大厦，几楼，老板姓甚名谁；沿途的各类建筑、银行、超市、报亭、饭馆、公交车站，行人和车……它们被擦亮，开始在我面前晃荡，那些气味、光、声音、颜色开始在空间里晃荡，我还看见了我自己，一个瘦小的身体，锥子一样，在晃荡的影像中慢慢锐利起来——它让我的眼睛发痛了。我相信，当我以我的肉身再次去触摸这条线路，一寸一寸地，这条曾被我踩过无数次的线路一定会发出痉挛般的颤栗，是的，它们一定会感受到我，并迅速认出我，这样的打量，这样的注视是我难以面对的，啊，我还没有完全学会在瞬间调整好自己的脆弱。水贝，这个全国珠宝加工总量占70%的名词，这个曾让我梦想折翅的名词，它带给我的悲伤从来都不会缘于失败，我是说，一个悲伤者是不能以失败来命名的。这不是辩解。

一个制造行业如果集中在某一区域，且已有相当的规模和知名度，那么，它就会催生出一种DM直邮媒体，它属于分众营销的范畴。我现在就来讲讲这个DM直邮媒体是如何产生的。制造业，我们俗称加工业，这种企业的销售目标对象是经销商或者是卖场，很好理解，普通消费者不会从工厂里购买产品，而卖场不会生产产品。我们看电视、报纸上的广告是商家打给老百姓看的，它们属于大众传媒，显然这对某个行业内的厂家和商家是无效的。那么联系厂家和商家的这种媒体就会应运而生，它只对行业内的厂家和商家发行，不需要刊号，免费派送。厂家要做广告宣传自己的产品，最准确，最有效的是选择这种DM直邮媒体，因为，它准确对应着他们的目标受众。每一个行业都有自己的DM直邮媒体，家电、化妆品、服装、化工、建材等等，做这种媒体无需刊号，发行量是个秘密。门槛很低，赚钱周期短，一时间，各行各业的DM媒体像野花一样开到荼蘼，其中著名的品牌有慧聪、龙媒、生活元素等。

2004年初，我受聘于一家珠宝杂志任市场总监，带领一个团队。我们住在翠北小学后面的翠珠小区里，六个人，老板租下了两套房子。我的工作是负责这本杂志的广告业务，诚然，这本杂志的命脉就在我手里，编辑部的意图得服从于广告市场，包括新闻策划。那个时候，我踌躇满志，浑身凝聚着力量，充满着激情，应该说，赚钱固然重要，但更重要的是，我想成功地运作好一个媒体，运作成同行业中最棒的媒体。我了解媒体运作的每一个环节，也了解我自己，喜欢在商业操作中赋予感性和美的因素，并自信通过这种个人性格魅力，会有许多让自己惊讶不已的体验，我相信深圳这个地方，她能够迅速捕捉到我传达出的，具有个人特质的商业操作气味，并能迅速作出反应。我已经感受到她与广州的不同，在深圳很多的报刊亭里，我可以买到《读书》、《诗刊》、《人民文学》、《收获》以及各类视觉、影像艺术类的杂志，可以说，在广州买本《读书》和《诗刊》都是非常困难的。我惊异于深圳居然有阅读这类杂志的一个大群体，当然，那时珠宝业的广告词已经是相当张扬了，不再是软绵绵的风花雪月和平稳的实用主义，而是具有极度的挑逗意味，珠宝产品的命名及内涵阐释出现了诸如：惹火、七宗罪、原罪、嫉妒等关键词，我相信深圳对于人性本源深处探寻的那类创意的准确判断，我相信这个城市在尊重商业规则的同时，更对发现个性有着太强烈的倾向和热情，那种靠走美女路线、走关系路线的低劣手法早就成为深圳广告界的笑柄，深圳的客户理性同时感性，对广告的要求除了要达到专业水准外，还得要求有一种能抓住人心的东西，哪怕讲出的是人的弱点和阴暗面。我实在不太喜欢什么"打文化牌"的说法，这一过时且代表一种集体话语的说法，让我感受到虚无和空泛。它被太多一知半解的人挂在嘴里当成附丽，当成招牌，仅以示自己不再是一个珠宝文化盲。但是我，始终倾向于表达出个人对珠宝的理解，因为我相信每一件珠宝都是一个生灵，她们每一个都应该有自己的名字。在深圳珠宝圈，当你跟总监一级的人物交流时而没有独特的主张，那将是非常被动的。

翠珠小区实在是一个非常好的地方。从后门出就是田贝四路，迎面是水贝国际珠宝交易中心及万山工业园，往里，就是贝丽北路，水贝工业区，珠宝企业都汇集在这一块，从前门一出来就看见翠田工业区，往太宁路走就是特力工业区；往翠竹大道走就可以走到翠竹大厦和逸翠大厦，珠宝加工厂、珠宝公司都在这里。去拜访客户、采访几乎不用坐公交车。如果坐公交车的话，要去的也只有八卦路、沙头角、布心、车公庙这几个有珠宝企业的地方，啊，我只要一闭上眼睛就清楚地看见它们，就看见了自己。我当然记得对面的翠竹公园里有很凉的石凳，一丛丛修挺的竹子绿荫婆娑，那儿的空气像是被纯净水洗过一样。我还会记得田贝三路的砂锅粥，翠竹大道的味千拉面及三个一野菌汤，这些地方曾频繁地出现过我的身影，两年了，它们的生意依然很好，进进出出的人，此时的阳光，门楣，吹过门口的风还跟过去一模一样。

我花了相当长的一段时间研究了我的四个竞争对手，即四家珠宝媒体，并很快跟它们的负责人熟识起来，我了解了相关的潜规则，包括客户吃回扣的点数，大的客户一年的投放量，当然更多的是相互的戒备心理，发行量、新闻策划主题、内部的某些操作手法都是不拿出来交流的，我分明感受到，他们没把我这新媒体放在眼里，坦白说，我目前还没法跟他们竞争，在他们面前保持低姿态，安全渡过市场培育期是至关重要的，显然，他们根本无视于我采取什么态度。我骨子里的自信让我有着很高的眼界，我不跟谁比，更不会去逞嘴皮子的强。团队五个人，是我亲自招的，我要的不是那种纯粹的拉广告的人，我招的是有采访经验的记者，他们出去是带着我的新闻策划专题及媒体策略方案去做采访的，广告，在我这里是一种采访之中的伴随行为，它不被暴露为目的，我认为在深圳做DM媒体的从业者必须要具备这样的素质。但实际上，由于某种偏见，真正有着高学历，有着非凡创意的人是不愿意去拉广告的，太多从事DM媒体的人是那种头脑灵活、能言善辩、察言观色、见风使舵的中低学历者。他们的骨子里的共性是城府深，皆有着不为人知的狡黠的一面，虽然他们并不像保险业务员那么让人讨厌，老是缠着人家，让客户有一种甩不掉的牛皮癣的感觉，但还是因为新闻水平不高的缘故，使他们的广告目的暴露得相当明显，在跟客户的对话中，处于唯唯诺诺的境况。行业内屡屡听说业务员携广告款潜逃、业务员之间抢单、不正当竞争、个人私自炒单的劣行。这一类人遍布在我的四大竞争对手中，应该说这个行业是相当混乱的，它需要规范。也许有人会感觉到我的性格里有某种知识分子的理想主义，和可笑的浪漫主义温情，以及某种程度的自恋导致的自负。当我2004年底选择离开水贝的那一刻，我仍然不认为这些是致命的，相反，这是我至死都不愿意改掉的性格特质，到现在依然是。这不是出于狭隘的固执，而是出于对某种良好品格的认定。我至今还认为，这个行业的规范，最终要走的还是专业路线，要建立起一个可操作的体系，并在这个前提下，表现出鲜明的个人媒体操作风格。

做得最好的珠宝媒体的那位负责人姓宋，她是一个中年妇女，在珠宝圈内有着不小的声望。（真不知凭什么？）我至今记得她向我扔过来一张拧歪的脸，左脸颊眼睑下方的位置突然横出一块肉来，由于生气在那儿颤跳个不停。我和她同时去拜访一个大客户，宋女士从进门起基本不让我说话，她满脸堆笑，奉承话说个不停，显然她想在我面前表现出他们之间是如何热乎的。我暗暗纳闷，你的媒体做得那么好，怎么你的手法还这么恶俗和老套，没有看到一个大报所表现出应有的骄矜和风范，我隐隐地觉着失望！我沉默着，一下子感受到了我和她的距离，啊，我跟太多东西何尝没有这种距离感呢？客户在翻看我的杂志，他问道，《三月的态度》这个卷首语是你写的吗，我说是的，他把眼光专注地看着我，说，我很喜欢你的文字，上次你们杂志登的那个关于翡翠的文章也是你写的，我是一字不漏地看完了。他瞟了一眼宋女士说，我接受过几家媒体的个人专访，那些记者写我的文字，没有一篇我满意的，太实、太板，要不就一眼能看出来矫情。你能给我写一篇吗？他的态度是居高临下的，把话轻飘飘地扔过来，厚重的鼻音，漫不经心但又让人无从抗拒。

话一说出，宋女士的脸都白了，客户是上帝，这是她惯有的思维模式。他说起话来毫不客气，竟当着另一家媒体的面损她，并让我直接感受到他们之间并不热乎。他看着我，跟我说，你说翡翠的毛料在缅甸历经赌石这一环节，这是它妖媚气质的缘起，啊，妖媚，你用来说翡翠的气质，非常好。下个星期你能交出这篇专访吗？

我们同时离开了那个客户，在电梯口，宋女士就向我展示了我先前讲过的那个表情，把一张歪脸扔给了我，我明白，时间成就了她，但无法让她成为经典。我想起客户的话，他说，你一定会做出最好的媒体。是的，从那一刻起，我暗暗地下定决心，我要做最好的珠宝媒体，用我的经验我的准则来作为这个行业媒体的标准，尤其是规范媒体市场方面，我要做出好的范本，时间，我现在需要时间，它成为这个梦想的必要条件。最终我拿出了他满意的专访，同时，签下了半年的广告合约，总价是 15 万元。

几个月时间，这本新杂志慢慢让人瞩目，我想，它一定向其他四家媒体露出了它锋利的爪子，我已经隐约感受到了，某些人跟我说话，态度、措辞方面已有所不同。我感觉到两胁要生出双翼来，想要飞的样子，啊，这样的时刻是适合抒情的，因为美好。我的骨子里有着多么令人心醉的浪漫情怀，它多么不适合这残酷的商业操作。

但是我的老板还是在埋怨我，说是钱赚得不够快，运作成本偏高。运作成本确实比很多的同行媒体要高，我聘的是记者，底薪都不低，此外，我配备的设计师及编辑部主任都是专业人才，最重要的，我要求老板每个月印刷杂志不得低于 3000 本，理由是，因为良心的底线，这个理由也许有点可笑，但我一定要这样坚持。这一点，我和老板都知道，许多同行业的媒体每期印量不超过 1000 本。尽管对外，我们全部宣称发行 50000 份。

老板突然跟我说，有三个人想来深圳做杂志的广告业务，他们不要底薪，只拿提成，让我管理一下。从老板的角度上看，这三个人不要底薪，他们能不能做好，对他而言没有任何损失。我虽然觉得老板用人的心态有问题，但不好说什么。三个都是男的，在深圳做了多年的纸媒广告业务。为首的那个，年龄可能比我稍大，姓郑，第一次见面，他表现出事先准备好的那种热情，口口声声请我多关照，说自己没读什么书，不会写文章等语。同时他却又滔滔不绝地讲自己这几年在深圳做纸媒如何风光，如何如鱼得水，赚了多少钱，见识过多少身家过亿的老板。我隐隐听出，这个人的话音里有着灼人的挑衅成分。

按照规则，我们六个人正在跟的客户他们三个是不许碰的，大的客户都在我们几个手上。一个星期之后，我下面的一个记者告诉我，郑先生已经抢签了他手中的单，一年，总额是 25 万，这是恶意抢单，是绝对不允许的。当着姓郑的面，我要求他把单归于那个记者名下，否则按违规处置。那姓郑的轻蔑地哼了一声，当我的面给老板打了电话，电话那端传来老板懒洋洋的声音：小黄，管他是谁签的呢，能签下来不就行了，再说了，人家小郑有本事签下来，你要鼓励人家才对啊！挂断电话，犹如一瓢冷水从头泼到脚，我的心刹那间就凉透了，在利益面前，我的老板已经不辨是非了。

我还是不太明白，这姓郑的是如何签下这个单的，他果真神通广大？我苦苦冥思着。一样的价格，为什么我的记者没能签下？我叫来记者仔细问他跟这个单的所有细节，原来记者许诺对方 15 个点的回扣，对方迟迟未签。我和我的记者只有 20 个点的提成，许诺对方 15 个点，他本人也只能拿到 5 个点，这已经无法再让步，客户的那位市场总监胃口太大了，显然他不满足于 15 个点的回扣，姓郑的签下了这个单，他一定是给了对方高于 15 个点的回扣。这三个人是不要底薪的，他们的提成是 30 个点。

这件事情已经变得可怕了，我开始慌了。这样下去，我没法跟这个姓郑的斗，并非他们神通广大，有三头六臂，而是因为他们手中的筹码比我要高。他只要许诺给客户 20 个点的回扣，他和他的团队将会抢走我们手上所有的客户。这个低劣的游戏我如何能陪他继续玩下去？老板已经不再讲道理了，他关注的是结果，谁会给他带来财富。

我如何能扭转这一切？如何能拯救我苦苦经营的这一切？我深深地知道，这个姓郑的目的是赤裸裸的，他对做什么最棒的媒体完全没有兴趣，不，他没有这个能耐！他们三个人就是典型的短、平、快圈钱高手，他才不担心杂志的命运呢！手机响了，是宋女士打来了，电话那边，她气急败坏地告诉我，说我杂志的记者竟然打破价格底线，以 9 万元的价格签下半年的广告，这引起了同行媒体的集体声讨。又是姓郑的他们干的，这是个极危险的信号，它将会把我的杂志推向死亡的边缘。

紧接着，那三个人中的一个居然签下了一家服装品牌的广告，一本珠宝媒体去刊登服装广告那将是天大的笑话，它会把我苦心经营的专业化程度的美誉毁于一旦。我当然清楚，这种单之所以能签下来，一方面是客户那边在洗钱，另一方面，我们这边给予了可观的回扣。我一定得制止这种广告的刊登，丢我的脸是小事，杂志的专业性、美誉度是一定会遭到质疑的。

我觉得我应该跟我的老板好好谈谈。我想告诉他，郑先生的操作方式完全像是一头野兽。我还想告诉他，这本杂志将会毁在这头野兽手上。老板高兴地接见了我，不到一个月，他已进账不少，这种赚钱的速度让他兴奋不已，坐在他对面，这个长着肥胖脑袋的男人，过于兴奋让他显得更蠢了。我知道，我说的任何话将不会起作用，他也已经变成了一头野兽了。事情从来都不会有意外，从来不会，我的老板需要的正是这样的野兽。我在瞬间决定了辞职。他没有挽留。

我走出办公室，那时正是盛夏，大院里停着一排小车，安静得很，几个老人在芒果树下打牌，高大的细叶榕也是静静地立在那里，舒展它细密的枝叶，一动不动。阳光打在我脸上，一股强烈的酸楚涌向胸口，我还没来得及学会坚强就首先学会了放弃，我觉得我的激情我的想飞的感觉还没有完全退去，它们就被悬置了，被冰封了。所有的这一切我都来不及衔接，太突然了，突然到我对自己所做的决定都感到惊讶。长长的空白之后，我才开始真正地伤心起来，越来越伤心，越来越，我蜷缩成一团，这伤心的氛围一下子将我围拢，很快将我淹没。

　　啊，我如何能跟老板说，我也放弃底薪，拿30个点的提成，然后以相同的筹码去跟那个姓郑的斗下去？重新拿回我所有的客户，然后把他赶出我的杂志社？我做不到，实在做不到，把自己也变成一头野兽，去赶走另一头野兽，最后再去回归成一个人？还可能回归成人吗？我不想说，我是一个多么清高的人，不屑参与这种低劣的竞争。事实的根源在于，在这种低劣的竞争中，我得首先要变成一个违规者，去变成一只比他更疯狂的野兽，这是我做不到的。在这场商业竞技中，一个务虚者，以她骨子里的所谓"古典知识分子的理想主义，浪漫主义以及可笑的自恋情结"而彻底失败告终。这个总结陈词是我离开水贝一年以后，我当时的一位记者同事跟我开玩笑说的，当然他还补充说，我那是"君子不跟小人斗"。那时已是2005年秋天，我的那本杂志彻底死掉了。当时，听他说完，我觉得心里有一种很细很细的东西一下子折断了，非常的干净利落。

2006.11

别人的副刊

　　我时常迷惑。迷惑那些在瞬间难以抑制的愤怒。我确实愤怒了。不，我并不冲动，一点也不。那时候，饭局刚刚打开，我通常会被介绍给一些陌生的朋友：这是塞壬小姐，散文家，××报社的。我优雅地颔首，微笑，跟他们握手，问好。您好，塞壬小姐，回头我给您发一些随笔稿件吧，看能不能用上。总是会听到对方这样的一些话，显然，我被当成副刊编辑了。无一例外地，我会不顾一切地打断他，并纠正：我是新闻记者，我不编副刊，永远也不会去编副刊。实际上，我只要解释自己是记者，不编副刊就可以了，但是我，却说出了"永远也不会去编副刊"这样的话，让人觉得，编副刊是一件多么丢脸的事！接着气氛就有些尴尬了，我依然理直气壮，虽然朋友们并没有错。为什么，我会这样去纠正？一次一次地，为什么，我不能接受被别人认为是编副刊的？我丝毫没有歧视副刊编辑的意思，当别人称我为散文家，我一样感到骄傲。记者，一个还算起眼的职业，它是塞壬陌生的，它属于黄红艳，属于在骨子里永远瞧不起塞壬的黄红艳。我不能容忍它们之间的混淆，不能容忍。现在，请允许我可笑地、煞有介事地说出，记者黄红艳，散文家塞壬。

请不要跟我说，试图让她们和解，不要。

上个世纪的九十年代后期，我从一家国有企业进入一家报纸做记者，啊，那个时候多么美好，我被允许犯错，一些小错，还被允许挨了批评之后，委屈地哭泣。青春，是那些漂亮的花裙子和那些咯咯笑的时光，透明的性格，透明的日子，我写着很嫩很嫩的诗歌，贪图花哨的词藻，内心潜着些许的自傲。带我的是一位资深记者，他有着苍白清秀的面孔，一身书卷子气，瘦得只剩下灵魂，却有着血性的脾气，他时常喝着很浓的铁观音茶，下得一手厉害的象棋。在办公室，他总是趿拉着拖鞋，食指和中指夹着香烟，眯着眼，含笑着跟人说着话。第一篇新闻被他改得稀巴烂，光是一个导语，几乎被他重写了。我非常不服气，我自信我的文采应付新闻是没有问题的。拿着稿去他办公室找他。他当然是知道我所为何来，先让我谈谈对新闻的理解，我竟一时语塞。做记者，难道不是我用来改变工作环境的一个途径吗？而新闻跟写作那么近，做记者当然是我这样的人摆脱其他工作的最好选择了。对于新闻，我真正了解多少呢，我是出于对它的热爱才做记者的吗？不，肯定不是！虚荣心，无可否认，这让人一眼洞穿的弱点，我并不打算隐藏它。

"你把新闻当什么啦？"他突然严肃起来，我感到害怕。"你这个样子连副刊都没法编好！"这句话，显然是在说，做新闻比做文学难度要大。尽管我并不认同这种说法，但那是我第一次听到新闻凌驾于文学之上的说法，心里非常震惊。现在想来，作为一个终身热爱新闻的老记，他的那种唯新闻为最高目标的心胸，我非常认同，以至于后来的黄红艳也持着这种态度，这不是偏执，也不是狭隘的热爱，而是，对自身从事某种事业的顶礼膜拜！多年后的塞壬，在南方的夜晚，每每想起这个人，总会泪流满面，他让我弄明白，人的一生为自己热爱的事业活着是一件多么过瘾的事。我听到别人评价他的诸如偏激、武断这类说法其实多么表面！他何尝不知世俗人所讲的那些道理，折衷是件多么容易的事，但那是另一个层次！塞壬，她用她的散文，用坚硬或者柔软，用一个一个的字，紧贴着那些人和事，娓娓地，说出她的爱。说得好不好，有没有人喝彩，多么无关紧要。

"你记住，在报纸上永远是新闻第一，写不好新闻就会受到歧视，只有写不好新闻的人才会去编副刊，你如果混到去编副刊，我将永远看不起你！"多么偏激，同时是那样不容置疑！像刀子，一下子捅到我内心，我看到了我的虚弱，我一直捂着，不愿意去面对的虚弱，现在它被揭穿了，真是无地自容。——我不会去副刊的。我要跟着这个人，写好新闻。

当我提笔写出，本报讯，记者黄红艳时，一种庄严感油然而生，一股热切的情感涌上心头，同时觉得每一个汉字都值得尊敬，这么多年了，每一次这样写，我都会有相同的感受。我要对某件事进行报道。"我"并不重要，是男是女都无所谓。我不许抒情，也不许讲道理，我要客观地、准确地、干净地说出它，用事实说出它，"我"要成为一个他者，让事件开口说话，要冷叙述，要潜在的现场感，要良知背后的主观倾向的微微流露。我的才华和敏锐要在瞬间分辨出新闻和非新闻因素，事件的核心，层次，逻辑，因果，以及我个人风格的表现形式。

在办公室，我向他抱怨，说《湖北日报》办得真不好看，他拿过纸，跟我说，你试着去改一下《湖北日报》新闻的导语，看能否改动一个字？我果真去试了，真是难以下笔去改，每一个字，它都含有一定的信息量，其准确程度几乎是无以取代的唯一性。严谨到这个地步，我还能讲做新闻是件容易的事情吗？我再一次感到无地自容。多年后，我在南方看到《南方日报》，它虽然没有其他几份报纸风光，但是，《南方日报》其新闻专业性、其站的新闻高度是让我折服的。我绝不会跟别人一样去附和，它如何地不好看！很偶然的，我发现他也写散文，在他电脑的 D 盘中，私人文件夹里，他写了他家乡的一些风土、人物、事件。多年之后，我才知道他写的这些东西叫做"原散文"，有新闻笔法，干净克制，呈现事物本身，却有着明显的在场感，罗列的物，堆在那里，它们自己能在内部发生隐秘的联系。我非常惊讶这种文字的表现力，不见抒情，不见花哨的形容词，一个一个的字，准确，却非常有力，字跟字之间，有着强有力的键，非常好看，读着趣味盎然，而且写这种文字的人，绝对的内心平静，可以说，在享受文字的乐趣，旁若无人。当我真正想写好新闻的时候，我其实已经中断了文学创作，相比他的文字，我先前写的那些散文诗多么做作，多么空，假，而且，我完全没有理解汉语一个一个的字，它的准确指向以及其内在的张力，是的，我原来连语言关都没有过！比如，我常用的凄美、妙曼、凝眸、哀愁，这些东西其指向多么含混，多么弱！我明白了，当我说凄美，我要讲的应该是一件实在的东西，而这个词未必要出现。同时，我明白了，新闻能训练出一个人对汉语的真正感觉——准确，无以取代的准确，我感受到了力量。

我不知道，他站在我背后了。当我发觉的时候，已吓得惊惶失措。偷看领导的私人文件被抓住了，毕竟，我触到了他不为人知的另一面。但是他局促在那里，很不自然地笑，脸也非常的红，我从未见过他的这种表情，这个素来在新闻界狂傲的人，这个表面上如此看不起文学的人，竟然也会私底下热爱的文字！显然，他的写作是个人的，没有投稿，没有世俗的功利，而仅仅是因为要完成语言的狂欢和个人内心的狂欢！从这个意义上说，这更加靠近写作本质。他讪讪地说，让你见笑了，请黄红艳老师多多指教！我更加不知所措，他的这些话应该不是反语，我理解成，一个文人的自谦，当然，他未必肯承认自己是个文人。可是，我如何能指教他呢？我想，他瞧不起编副刊的，并不是因为，就算在文学创作领域，他并不比那些副刊编辑差，而是，在他眼里，新闻的至高无上，对新闻的热爱和对新闻的自信。

——你为什么喜欢新闻呢？那女孩问他。

——因为我最能把握它，我得心应手。

他没有跟我讲这是因为新闻对于社会的现实意义，更没有比较新闻与文学之间谁更值得让人热爱，我见过太多的人热爱新闻的理由：社会责任感、良知、关注社会底层、关注弱势群体等等，诸如此类，啊，这些难道不是我们谈论这个话题的前提吗？如果不是基于这些，那热爱新闻还有什么意义呢？"因为我最能把握它，我得心应手"，这个人，讲出了他高出热爱之上的那种自信。

多年后，我只身来到南方，继续从事着新闻工作。在异地，孤独像甩不开的影子紧紧缠着我，失眠，我患上了这可怕的毛病。塞壬，一个属于在夜晚写字的女人的名字，诞生了。我需要自言自语来打发时间的恶魔。塞壬重新捡起黄红艳曾丢下了六年的笔，在南方的夜里，一个人对着内心深深地沉入汉字的海里。无意识，无目的，无规划的，我需要进入这语言的狂欢，去治疗难以愈合的心灵痼疾。我的文字完全变了，我如此沉迷汉字的准确性，以及我沉迷其间的个人的性格任性。我写的既不是原散文，也不是传统意义的抒情散文，而是一种综合的东西，主体的我是全盘操控的，却用物与事件说话，物与事件里，满是强烈的性格，我看见，我说出，我感受，我不再单纯地讲一事一物，不再讲弄明白了什么道理，不再讲究文字的富赡，庞杂的内容，我通过叙事去完成它，我要传达出这样的信息：我的状态，我的立场，我关注着什么，我如何说出；包括一场咸菜的制作过程，撰写策划案，房东太太其人，我关注整个工艺、细节，我沉迷其间，乐此不疲。塞壬，它让女性的知觉在我体内涌动，我用她讲爱情，讲性，还有我柔软的身体。那些一个一个的字，我让它散发着我的气味。记者黄红艳，她无法完成这一切，完成一个黑夜中的女人，她内心的呻吟和疯狂。

应该来说，这种写作跟文学没有关系。至少，它还处于无意识状态。做着记者，不为人知地写着这些文字，我觉得很快乐。我无须担心它的好坏，也不指望它能给我带来什么。一些朋友跟我讲，我是否可以开始考虑一种有意识的、有规划的、经验性的写作？事实上，我根本做不到，如果说，为了应付失眠的恶魔而就的写作是低级阶段的，那么我至少现在，仍未渡过这个低级阶段，当写作成了一种任务，一种清晰的目标，我还找不出快乐会在哪里。甚至，我意识到，汉语的感觉，它会不会失灵？

——那么，你热爱写作吗？

——当我写的时候，我是热爱的！我想了很久，挤出了这句话。我不知道，这个回答是否有效。但是，它确实是极为真实的，难以取代的真实感。我只能说，我的生活，需要塞壬的存在，需要散文的存在，她需要黄红艳写新闻赚钱养着她。在黄红艳眼里，塞壬让她瞧不起。

总是会遇到一些这样的朋友，因为热爱写作，在找工作的时候，都会把眼光投向新闻媒体。新闻是可以成为职业的，是可以谋生的，但写作未必能。我尤其反感他们对新闻的态度：新闻有什么难的呀，只要是会写文章的人都会写！这些人，当然不是出于对新闻的热爱，他们进了报社，却不想从事新闻工作，眼睛都盯着副刊，希望有一天进入副刊做编辑。进入报社，他们只想获得一个体面的职业，我从骨子里，多么瞧不起这样的做法！有谁，是出于对新闻真正的热爱呢？而新闻，仅仅只是一个被利用的跳板而已。我真的，瞧不起这样的人。他们是小偷，骗子！

我郑重地，以得罪人的口气跟他们讲出："只有写不好新闻的人才会去编副刊，你如果混到去编副刊，我将永远看不起你！"我无须向他们解释其实我并不偏激，就算被误解瞧不起副刊编辑，我也不想去纠正。太多的这种人，进了报社后，一辈子都写不好新闻，两三百字的导语，废话连篇，通讯，漫天的矫情或者八股，而在饭局上，他们无一例外地特别能侃，发了多少有影响的稿子，做了多少广告，搞了多少女人……啊，新闻和副刊，他们两样都不爱，都不爱！我再一次想起，当黄红艳被误解成副刊编辑，我是一定要纠正的。当我庄严地写出，本报讯，记者黄红艳时，当我举起摄影机对着新闻事件时，忍不住要泪流满面的是——塞壬。

2006.5

说吧，珠宝

一

在香港和深圳的珠宝展上看到的东西，至今想来似乎没对哪件有什么印象。倒不是说没有叫人喜欢的物件，摆在展台上的珠宝，看到的只是它们的物理性。它们仅仅发光、通透、有颜色，都不说话的，也没有表情。说话的是人，他们说着纯度、等级、重量、价格、鉴定、证书这些冰冷的东西。这些冰冷的东西最后会转化成一种心情，由男人传达给女人。男人打仗抢土地，抢女人，抢珠宝。男人支配珠宝，送女人珠宝。跟珠宝相关的关键词会是：暴力、战争、盗窃、阴谋、美女，这些关键词直指人的贪欲。珠宝，如果没有贴着人，它们彼此隔离，彼此陌生。

一位业内的德高望重的前辈跟我说，我看你的几篇关于珠宝文化方面的文章，好哇，他赞赏地说，珠宝文化就是需要你们这样的人来推广，珠宝，不能不打文化牌，文化给予珠宝的附加值是难以想像的……我很想打断他，但还是没有，出于礼貌和尊重。因为他彻底误解了我。我谈珠宝文化的时候，没有去想打什么牌，更没去想什么附加值。而仅仅，是对一种奇迹或者说是对一种美的敬畏和理解。物的世界，能成为钻石、黄金、翡翠、铂金……这本身是个奇迹，它们是如何形成的？我一直相信神秘的东西，和它们那隐秘的、不为人知的力量。作为一个个体，我相信它们有生命，还有性格。它们能开口说话，它们了解一切。可能的，它们会在某种时刻跟人达成某种默契，有情感的，深藏的，但能让人感知它们存在的那些秘密。

不论是东方和西方，都流传着关于珠宝的种种传说，这样的传说，说了宇宙的秘密，珠宝跟它有关，还有神。这样的传说，界定着人，他们的道德、他们的行为，哪些是犯规的，哪些是应该世代传颂的。一种朴素的标准，让我们看到人性清澈如水的美或者丑。我们仍会称之为美好。如果把这些话说出口，很可能会被业内专家、营销高手们讥笑为不可理喻，我不规避什么，难道为了博得本不属于我的激赏？被误解的除了我之外，还有珠宝。

很不愿意跟地质大学的教授们沟通什么。因为我多半误入歧途了。

"你刚才谈到的魔戒，那是因为人性的邪恶，魔戒本身是无辜的。"

"不，教授，我不能认同您的，魔戒是有灵性的，它被赋予了邪恶，它是有感知的，它本身就有邪恶的动机和力量。它了解一切，支配着人的邪恶。"

"简直胡说八道，不可理喻！"

"啊，你学的专业难道让你相信的是这些吗？你应该是优秀的！""你说的那些东西玄而又玄，不是科学，你要警惕啊！"

……

明白的，这苛责中隐隐的爱护。我如何能不知？教授们无疑是对的。然而，我依然不能，或者很难做到那样去理解我的珠宝，它们的灵性，它们洞察一切。它们是生灵，有善有恶，有美有丑，有喜有悲，它们沉默，是因为要开口说话，那些深藏的秘密。

我相信女人给了珠宝灵气，珠宝知道女人的体温和气味，还有她们的感情，哪怕是一丝很隐秘的喜悦或者哀伤。说女人忧伤或者快乐的时候，她们身上的珠宝会变色，所有的文字解释都说成是一种物理的、化学的变化，一张张方方阔阔的嘴，它们说着道理，说着科学。多么的专业！可是我无论如何都不能那样去理解我的珠宝。那太粗暴了。他们不相信这是因为珠宝是有感知的。这跟唯物论没有关系。

珠宝要常戴戴，不戴它就死了。死了的珠宝是蒙了灰的镜子，光鲜不再，那个人，怕是早已懒得梳头了，或者，她死了。

二　黄金，黄金

对黄金的最早记忆缘于祖母的金耳环，它让母亲与祖母不和。它是矛盾的根源。因为祖母的金耳环戴在了大伯母的耳朵上。家庭的战火构成了我对黄金的最初理解。长大后看过这样的句子：诗歌，语言的炼金术。我对黄金的理解是：纯粹的极致。想想吧，成为黄金是多么难。说某个人，有一颗金子般的心，那该是个多好的人哪！

那年春天，江南是杨柳依依。二舅去女方相亲，二舅是个玉树临风、面容白净的教书先生。女方住在河对岸，二舅一大早一身素衫搭船过江去，不到中午吃饭时分就回了。漂亮的女方要我二舅拿三金作聘礼。三金就是金项链、金耳环、金戒指。二舅拿不出三金，二舅娶不到漂亮的女方。二舅长期出资为两个孤儿垫学费，二舅总是笑呵呵的，总跟孩子们玩在一起。漂亮的女方没有福分得到二舅这么个金子样的人儿。黄金，现在正热着呢，因为美元的疲软。这个因果关系我极其厌恶。不说它也罢了。说到黄金的气质，我想到霸气、至尊、王权，皇帝的王冠和他的权杖，这两样象征绝对权力的物件是纯金的。黄金是珠宝中唯一彰显俗气这一气质的珠宝。至尊、王权与俗气竟集于一身，这到底是悖论还是它们本身有着相同的本质？

一个物件，我们关注的是，它是不是真金的，是不是纯金的，黄金，我们只关心这个，它有价，有量，有质，它很清晰，一格一格的。这样的清晰有多残酷，它不太需要漂亮的形态，不需要把玩，它条状、砖状、块状，它——不要美。黄金，拥有是硬道理，这是绝对的疯狂。

我想起美国西部的淘金热，牛仔们的毅力和体能，被黄金激发的疯狂和现代文明的较量。这是电影。黄金的魔力让男人实现征服的欲望，展现雄性力量，从而征服女人。

看了盗墓迷城这部电影中的埃及皇后，她穿了件金镂走出来，那母马一样健美的身材透着杀人的野性美。那气质居然能与黄金相得益彰，野性与至上的高贵居然统一在皇后身上，灾难的种子就种下了。在想像中，就闻到黄金那血腥的气味，除了野蛮还是野蛮。

掠夺的对象是黄金。不论是东方还是西方。这一话题永远令人着迷，危险、神秘这两种气质也永远令人着迷。海盗船在黎明前驶往预想的目的地，有人划火柴去点烟，微光中，照见一张带有刀疤的脸。

看了刚刚结束的全国黄金首饰设计大赛的获奖作品，依然还是传统与时尚的融合。年年如此。在黄金的奢华气质中捕捉的是灵动和细节。真的没有觉得怎么耳目一新。黄金一旦小桥流水人家起来，感觉到的是一种说不出的别扭。我为什么会觉得别扭？说一个感觉，不知合适不合适，如果把文章写得太精致，这是不是意味着堕落？这种感觉有点小资，但它真的不适合黄金哪！

这种有着货币职能的元素，我们关心它什么呢？我们关心它的重量，它的纯度，它是否好看对好多人而言已经不重要了。因为拥有它，炫耀的不是美，而是另一种东西。

三　钻石，钻石

我不了解她。她的言说，她的表情，她所传递的，被人们所热烈传播着的高贵、美丽，甚至，她直接指涉着爱情，我全然地茫然，面对钻石，失语，不是因为钻石本身，我如何能剥开所有的附丽，所有的意义，所有的声音，去单独跟她说点什么，或者感知她能向我传递些什么。

她并不像黄金、银和翡翠那样能贴着我的皮肤，让我感知她最隐秘的悸动。钻石，我对她的描摹太没有把握了，我非常了解她的出身，她的物理性，她的四C标准，她的等级，我甚至知道她是单质的碳元素，我还知道她被西方称为"上帝的眼泪"、"大自然的奇迹"，她跟很多传说和故事有关，跟战争和阴谋有关，跟血腥和征服有关，跟上帝和王权有关，跟女人有关。当钻石跟阿拉伯、印度、《天方夜谭》、亚历山大王、毒蛇、王后以及后来的南非、戴比尔斯（掌握全球70%的钻石开采及销售）这样的词遭遇时，哦，那是年少时看的连环画小人书，那些缠着头巾、蓄着朝两边翘起的胡须的男子，还有那些睁着诡异的大眼睛，蒙着面纱的美丽的女子，贯穿着整个故事的钻石，大概比她们的眼睛还要迷人吧。这迷人的背后，我还是闻到了浓浓的血腥的气息。因为她总是关乎着掠夺，人性可怕的弱点，贪婪。这跟黄金的气味还是有些不同，黄金，除了散发血腥、阴谋的气味外，还带有一种本质的金属腥气特有的野蛮气息。

我像学习某种知识一样去了解钻石，但这些知识仍然无法让我靠近她，真正的靠近是需要潜移默化、长久的浸润和无意识的熏染的。她依然冷，依然是孤独的表情。我甚至无法将她捂热，不，钻石没有让我去捂她的欲望，我跟她还没有亲昵到如此地步——她有尖锐的芒刺。她只能永远冰冷。我的翡翠如果摔碎在地上，我能感知她流着红色的鲜血，她破碎的喊叫，玉碎了，我还能感觉到将有不祥的事情发生。跟翡翠摆在一起，我把她往旁边拨，尽管她发着光，流着火彩，是的，她更瞩目，她比翡翠可能更加稀有和尊贵。我并不是像慈禧太后那样怀着偏见，嗜翡翠如命，视钻石为无物。根本地，这个泊来的宝贝，虽然我了解她不算少，但她还是散发出来历不明的气息，从她的内里，从岁月久远的深处。

在西方，钻石有她成熟的文化。就像在中国，金玉也有非常完整、非常独特的文化一样。一直以来，我不太喜欢提珠宝文化，理由就是它已成为现代商业的附丽，成为商品的附加值，她被煽情的商业广告给狠狠地恶心了。但是，我不能否认某一地域的人对某种珠宝的情感归依，我认为这才是珠宝文化的本质。不用太多理由，中国人对黄金和翡翠的感知是根深蒂固的，富贵、吉祥，代代相传，而西方人对钻石的疯狂也是一脉相承，其中也不会存在任何隔阂。我不知道是中国人太容易接受泊来的洋玩意，还是DTC（国际钻石推广机构，戴比尔斯集团旗下机构）在华推广得太成功了？一个事实是，中国人现在对钻石的迷恋几乎超过了黄金和翡翠。结婚，买钻石戒指是必需的，甚至被放在首位。

它打了爱情牌。它给结婚一个理由，它让女人出嫁有了理由。它说，钻石恒久远，一颗永留传。它以地毯式的轰炸攻势，反复地讲述着爱情因为有了钻石更加的坚贞，更加的久远。这个魔力无疑是巨大的。富贵、吉祥，我们可以凭我们的努力挣到，它们都不是遥不可及的，唯有爱情，这稀缺的、这边缘化的、这原本是人世间最为美好的情感，它是那样的遥不可及，在我们内心深处，我们深深地知道这个危机，我们都怀有对她不泯的期望，一种与绝望同在的期望。钻石，她代表了这个极具魔力的东西——爱情。我们无法舍弃的爱情。全世界的人们一个共同的病。

在深圳，跟DTC钻石推广中心的卓小姐有业务往来，她总是垂着眼睑（我也没看出她对钻石的激情），默默地把从欧洲拷回来的奥斯卡颁奖典礼的图片发给我，女星们在红地毯上斗艳，很大程度上是钻石首饰的较量，摆在我们面前的是奢华无比、甚至是世间独一无二的钻石首饰图片，我不止一次地从这些图片中见识到传说中的奇钻；去香港参加珠宝展，看到一堆堆的像小山一样的裸钻，那些成堆的几克拉重的大钻；参观钻石首饰设计大赛，看到美轮美奂的钻石首饰设计样品，所有这些，我连一点激动的情绪也没有，甚至是熟视无睹，我不了解她，觉得跟自己无关。她跟我隔着的是一段岁月，是肌肤的气味，是体温，是来自祖辈的祝福，是过日子的烟火气。她也无法代表我理解的爱情。但是，为我的珠宝杂志选封面的图片，我选择了钻石，理由那样充分：她是那么国际化、那样无可争议的万众瞩目，那样的公众！她把私心，个人嗜好，偏爱，情绪化，坏脾气……全都统统遮蔽！她又会跟谁靠近呢。

四 银，银

当我的双手交叉合拢，我的银手镯，它们会发出来自灵魂的声音。那是我心里最渴慕的一种气质。它亲近、绝尘，那沙哑中的沧桑，让人对它久远年代的怀想。一直以来，我固执地认为，当我的皮肤接触银，它会给我带来灵气。特别是刚触碰的那一瞬。我被擦亮，我发着光。

而现在，我做着一个关于银饰品牌推广的文案。它被赋予了固定的风格，时尚、优雅。银，这个古老的物件，我现在要把它的神秘，以及我所感知的某种特质遮蔽起来，我要说出它的"时尚、优雅"。就像现在，它们全都被镀过，它们闪耀着所谓的"铂金"的光泽，说是那样更高贵。这是多么令人悲伤的事情。

　　我想起多年前，在我的家乡，一对男女因世俗偏见不能在一起而选择了沉湖自杀，他们的尸体被捞起时仍紧紧抱在一起，女孩手上的银镯子却依然锃亮生辉，很普通的款式，扁的，未封口的那种，没有花纹。它被套在浑圆而青紫的手腕上，清冽、素洁。这多像他们表现出的那种品格。

　　去广西采访，在麻袋、篾席、磨刀石为背景的场景中，我看见妇女的银链、银镯，那种银链粗而沉重，衔接的暗处是油泥的脏黑。显得结实有力。它通常是用来系围裙的，女人走动时，那系处打结吊下来的部分不停地碰撞，发出同样结实的声响。镯是三股的绞丝，没有封口，很重，拙朴的样子，戴着它的人通常有一双肿胀得发红的手，它总是不停地洗涤，总是浸在冒着热气的油水里。它们摆放在一起，让我看到了银，跟劳动的紧密关联。它跟汗水、盐、皮肤有关，带着原始的性感。还有他们的梳着"一片瓦"的儿子项上的银圈，这样的银，充满着过日子的烟火味，民间味。

　　在电影里，我还会知道，在头上插着羽毛、臂膀刺青、脸上画着蓝色妆容的印第安男子，他们从头到脚的银饰。女子也一样。他们的银，被赋予了一种神秘的宗教，一种图腾、篝火、古怪的舞蹈、欢跃跳荡的银饰。一个印第安士兵的头像吊坠，细密有致，粗犷，有血性。一个带有铃铛的脚环，爬满咒语一样的文字底纹，充满着魅惑、神秘和一种泥土的气质。这样的银饰通常见证他们把标枪投向山羊，他们举着火把裸身奔跑，他们在丛林里把女人按倒地。

还有海盗、地痞、贩毒者、恐怖分子这类人似乎也特别钟爱银，他们单耳戴着大大的圆环，他们肥硕的脖子圈着粗粗的银链，银邪恶的粗鄙感、血腥和凶残在这里得到了体现。特别是当他们狞笑的时候。

尽管时尚款已推出多年，银，现在热着呢，谢霆锋穿着背心，戴着银链子，让那些叛逆的小子们发了狂。我独爱泰银，即黑银。这种气质的银，会有某种与我契合的气味，神秘、古老，贯穿着神性。我相信，它们每一个的背后都有一个故事，它们不再是一件没有生命的物，而是一个生灵。穿行在另一个时空之间的生灵。对于一个在黑夜写诗的女人来说，没有什么比这种气味的东西更能让她着迷的了。对于时尚银，这一概念我素来是反感的。这是买不起铂金的人的另一种自慰。自慰吧，你们误解了银，误解了这种生灵。我写的关于时尚、优雅的银的文案，它们只是死在纸上的文字的尸体，它们死在那里，不会活过来。

五　翡翠，翡翠

她香艳、温润、柔滑丰肥，一块青翠欲滴的贴身翡翠物件完成了一个中国旧式男人对性的所有意淫。她时常跟鼻烟壶、女人的肚兜，白如糯米般的小脚、鸦片烟枪、春宫图成为旧时男子恋物的对象。他们抚摸着她，这变态的嗜好，乐此不疲地把玩，揉、搓、衔、吸，在妓馆，在吸大烟的木榻，在满是艳女环绕的帷帐，翡翠，这先天的灵物，她与色情、脏以及腐朽萎靡的气味产生了共谋，她激起了一个朝代那散发着骚味的疲软阳具。这是我对翡翠最为浪漫的理解，颓废，色情，浓浓的腥味。几百年过去了，这骚味腥味在翡翠的气质中没有人能想起，她仅仅只留在我个人的印记里，独自妩媚。如今被营销专家包装成的玉文化，它中国式的言说姿势——福禄寿禧、祥瑞、平安、生财等等，迷倒了全世界对中国文化着迷的人们。迷恋翡翠，更多迷恋的仅只一个误读，这点我并不排除自己。贪欲，在翡翠无辜表情的背后，在她被强行传达的所有意义和概念的背后，文化，它再一次成为附丽。

像我这样，如此较真地叫她翡翠的人并不多，现实中，翡翠通称为玉。我们现在说的玉，其实专指翡翠，并不含新疆羊脂白玉和"蓝田日暖玉生烟"的蓝田玉，它们是地地道道的中国玉，洁白，纯净，它时常用来形容一个人高尚的品德，所谓德如玉，诚如金，就由此而来。我们在年少时从书本上得知的和氏璧、皇帝案头的玉圭、仙女手持的玉如意，都是白玉。我们的玉，是玉玺，是金缕玉衣的玉，它跟神沟通，是传承上天与人间的法器，它时常指涉祭祀、尊贵、大典这样的关键词。它是图腾，它是隐喻，它是古老的，跟传说有关的意象。一个掌握秘密和先机的灵物。当翡翠垄断了玉的称谓时，白玉的种种气质及品格都毫无保留地被翡翠承袭，这是粗暴的，也是我无法接受的。翡翠来自缅甸，它虽然具有绝对的中国气质和东方意味，它福禄寿禧，它多子多福，它是灵兽，是龙、是貔貅、是麒麟，是观世音，是如来佛，是鱼，是菜（谐财音），是十二生肖，它的确非常非常的中国，但是玉，我们骨子里所根深蒂固认定的玉，它一定要洁白纯净，像一个高尚的人那样，微露着脱俗的傲意并让人尊敬。黄金有价玉无价，讲的就是，玉是非有形的物了，严格来说，它代表一个人的品格，一个人的精神内涵。那么，它一定不能是翡翠，这香艳的，带着腥味的，散发出阴性气质的妖里妖气的生灵。那么请原谅我，固执地，把翡翠和玉分得如此清楚，我不能像所有的人那样，叫翡翠为玉。翡翠，她只能是翡翠，哪怕我在专业上犯着一个严重的错误。

我在云南腾冲见到过黑皮肤、深目长睫毛的缅甸人在那里贩卖翡翠的毛料。他们不说话，垂下眼睑，长长的睫毛盖住别人通往他们的内心，这样的遮盖，还是让人感觉出一种犹太似的狡黠。我时常觉得翡翠就像是这异域的女子，深目、长睫毛，躲闪的眼神，让人生疑的身世，却有着惊艳的美丽。但是美丽，跟尊贵、高洁、至尊绝对不是一回事。

六　珍珠，珍珠

旗袍，檀香扇，高髻，还有珍珠项链，女人的臂肘，脖颈的弧，她低首掩映的睫毛光晕，是珍珠给了她圆润的华丽。一串珍珠项链，让女人收敛起醉酒般的风情，收敛起她的水蛇腰，她的火，和她眼睛深处的疯狂。它让她高贵，矜持。一摆手，下巴、唇角及额头的表情，昂起的是拒绝的态度，是距离。是距离。珍珠是不能贴着我们的皮肉的。我们不洁，我们有酸性，我们分泌恶和污秽，这都会让它受到伤害。戴了一天的珍珠项链，到了晚上要取下来，小心地用绸擦拭，安放在锦盒里。金、银、钻石经历的是另一种千锤百炼，珍珠，在痛苦中长大，隐忍，不见天日。

我不能认为它是一个意外。不能认为痛苦的人只是一个意外。关于珍珠的形成，我不愿意理解成是一个爱情的传说。那样的民间，那样的美好，被善良的人们反复传颂。珍珠是所有珠宝中最有灵性的，一个受到伤害的人，从此把自己藏起来了。那个人总是不能死心，郁郁成结，咯血凝成的珠子是她一生的重量。它满怀心事地慢慢长大，浑然不知自己有多么美丽。把一颗珍珠捧在手心，它就看着你，我分明感受到它在颤动，在诉说。在深圳国际珠宝展上，它们一堆一堆地搁在摊位上，发着光，我看到的是一堆堆被摘下的心肝。冰冷的痛。唯独只有珍珠，它的破碎，我才相信会流出殷紫的血来。而翡翠，流出的只能是一汪清水。

我翻阅了很多关于珍珠品牌推广的文案，一堆华丽高贵的词堆在珍珠身上，就像给她穿上了花花绿绿的纸衣裳。他们最后卖掉的也只能是这纸衣裳。珍珠还是它拒绝的表情。太多的硬件决定了珍珠不太可能平常百姓家，不太可能草根。我以为，不能隐忍痛苦的人，是戴不出珍珠的味道的，它需要那个人有岁月的沧桑感，昨日的华丽和半世的凄凉。所以珍珠很少属于少女。我时常在大型的订货酒会上看到发了财的胖太太们，她们粗短的脖颈戴着上好的珍珠项链，一仰脖子，豪气冲天地将手中的红酒一饮而尽，而后，大声地、爽朗地哈哈大笑。我总是忍不住想，如果她的项链是黄金或者翡翠的就好了。珍珠，不行。它似乎就没怎么流行起来。

有一个黑人模特叫纳奥米·坎贝尔，人称黑珍珠。她的坏脾气和她的名气一样大，经常传闻她喝酒打人。曾经跟泰森这种可怕的人有染。这位世界超级名模是一个先天的尤物，在T形台上，纳奥米是名符其实的黑珍珠。她的光芒几乎让整个世界暗淡。黑珍珠，产在南太平洋的塔西提岛，也叫塔西提黑珍珠。它跟东方的白珍珠、粉珍珠有着完全不同的气质，野性、热烈、叛逆、咸湿的性感。黑的底，散发着孔雀绿、浓紫、海蓝等彩虹样的光晕，诡秘而让人着迷。它确实像极了纳奥米这样的美女，人们为她着迷，但对她的坏脾气又毫无办法。黑珍珠价格不菲，一枚戒指价位大概在五千至六千的样子，我在谢瑞麟珠宝金行看中了一款，托碗上顶出了一颗黑中带浓紫的黑珍珠，PT镶嵌的，它闪着绿、蓝的光晕，有强烈的金属光泽，我小心翼翼地叫导购小姐拿出来，让我看看，我都来不及试，就瞥见了6500元的价格，只好放了回去。导购小姐反复地跟我讲解黑珍珠的知识，她当然没有我懂得更多，我只好冲她无奈地微笑。花这么多钱买这样一枚珍珠戒指，我有多少机会戴呢？我能戴它洗碗、炒菜、洗衣服吗？我戴着它坐在电脑前，丑陋的坐姿，百无聊赖的表情，堕落的心态，想想，我离热烈、叛逆、性感这些东西是多么遥远。疲惫早已把我封得严严实实。

七 红宝石，蓝宝石

可能是我的偏见，红宝石和蓝宝石似乎是失宠了。我这么说，是相比钻石、翡翠和祖母绿。印象中，没有特别的品牌及机构去专门推广红蓝宝。作为世界五大宝石之一的红蓝宝，其尊贵是不言而喻的。然而，在不小的领域，红蓝宝竟沦为饰品的角色，饰品跟珠宝是两个完全不同的概念了。它们像是被蒙上了一层灰，安静地呆在角落里，无声无息。仿佛很久了。我总想，它们是尴尬的。贵族的血统，平民的处境。它们在上个世纪九十年代初期红极一时。鲜艳的颜色，红与蓝，她与他。爱情，被安置在没有广告词的细节里，当我回想，过往的故事就一一复活。那个时候的黄金首饰依然是霸主，依然主角着，红蓝宝的戒指，尊贵不足，明艳流丽有余，订婚，若单单用个红宝石戒指给女方，怕是难以担当这个分量，只有黄金才能压得住。黄金首饰都不作兴戴了，存放在首饰盒里，但是它是必须得买的。红蓝宝的首饰在那个年代，在祖国的大地上，疯狂盛开。这好比妻和妾，受宠的却是那个妾。

工作后我买了枚红宝石戒指，K金四爪镶的，蛋圆戒面，玫瑰红，我至今无法解释怎么买了这样一枚戒指，实在难以理解。按理，对于众人趋之若鹜的东西，我一般会理解为恶俗，甚至嗤之以鼻。这枚戒指戴得少，太多时候，我忘掉了我有这样一枚戒指。

弟弟头一回带女朋友来家，那是个眉眼很顺的女孩子，紧紧贴在弟弟身后，不言不语。偶尔抬头，满目含笑。我一看就满心欢喜，同时预感，弟媳妇，这女孩子是不二人选。妈妈看了，也很喜欢，偷偷跟我说，准备什么见面礼好呢，封个红包太俗气了。我想起了我的红宝石戒指，回屋拿出来，交到母亲手上，只是微笑。这枚红宝石戒指派上这么好的用场，真是让人愉快。老天似乎解释了我当初为什么要买这样一枚戒指了。我注意到，我弟媳打开锦盒一看，顿时眉开眼笑，她的眼睛微微地向上缝着，盛着一种甜。红宝石，她有讨好世俗审美的魅力，漂亮，时尚，但依然有一定的分量，护得住那个面子。

鲜艳的颜色是红蓝宝的最大优势。在我的理解看来，绚丽的色彩总是会略略带有浅薄、轻佻的味道，不够庄重，难得显出贵气，它们只能够称得上美丽，但跟高贵、至尊这样的气质无缘。在红蓝宝的色系中，能称之为尊贵的颜色叫做"鸽血红"和"矢车菊蓝"。我惊讶于这个颜色的命名，如此具象，特定，唯一，准确地锁定，让人惊艳。什么样的红才叫鸽血红，什么样的蓝才叫矢车菊蓝，我想，当它被指定为红蓝宝的颜色命名时，其颜色本身已不再是实物的鸽血及矢车菊的颜色，而是顶级红蓝宝的颜色。啊，颜色如何能被描绘出来，不可名状啊，颜色实在只是一种感受。如果不是红蓝宝，那鸽血红，和矢车菊蓝会是多么地不起眼，要知道，它们这是在为顶级红蓝宝命名。而太多的玫瑰红，桃红，胭脂红，宝蓝，湖蓝，湛蓝们，它们出现在价格低廉的银饰镶嵌品中，甚至充斥在胸针、发卡、服饰等领域，已不再是珠宝的级别。

我总是念念不忘电影《泰坦尼克号》里面的那串"海洋之心"项链，一颗硕大的极品蓝宝石，冰凉、高贵，彰显贵族气质。它被露丝扔进了大海，这个女子的爱情连"海洋之心"也无法撼动，它被扔进大海的那一瞬间，一道弧光，是它投向人世间的惊鸿一瞥，它输给了人世间最强大的东西——爱情。

八　铂金，铂金

跟钻石一样，我对铂金也有陌生感。这样的陌生在于，它一下子被人们热烈追捧，很突然地，犹如横空出世。这样的热度，我难以转化为亲近。稀有，纯净，高贵是它的广告词，在我看来，用在黄金身上也未尝不可。黄金的气质太中国了，或者说，黄金有明显的地域文化。跟铂金相关的关键词是：国际，好莱坞，张曼玉，章子怡，城市白领，时尚的、帅得有点坏坏的男孩，巴黎香水，中文夹杂英文的高级写字楼，西餐厅，鸡尾酒会，AA制，交响乐……种种细节会跟铂金产生共谋。某种程度上，铂金代表品质，代表某种生活，它似乎永远没有过去，只有现在。

我们在专业上只叫它PT，PT950，PT900，PT镶钻这样地叫，而大众则叫它白金，市面上，它比黄金要贵一倍多，这两年，PT镶钻在中国几乎取代了黄金的霸主地位，我不认为这仅仅是推广上的成功，本质上，铂金跟黄金、白银一样，在国际上有现金期货交易的功能，它比黄金昂贵，气质大气，没有民族偏见，它在中国迅速地热，有它自身的硬道理。黄金是高傲的，它从不慌乱，大有"我是黄金我怕谁"的味道。像我，觉得黄金是亲切的，它让我想起祖母，想起母亲的木梳妆盒，直到我，母系的传承，隐秘的血亲传承。铂金是现代的，是独立的，是断的，这样的陌生，缘于我对一种古老情怀的深深留恋。一个紧贴皮肤的物件，我习惯它具备某种隐秘情感的传承。它是不可以随便处置的。

2004年我在深圳从事珠宝行业时，铂金的形象代言人是张曼玉，她被称作是铂金女人，永久的魅力，她传递铂金的纯净、高贵气质，我记得有一个平面广告，张曼玉被溅起的水珠惊得张着嘴，后来，水用来反复诠释铂金的纯净，世界铂金推广协会把这个概念推出后，一些被指定铂金推广商的厂家，开始大做水的文章，那些煽情的文案充斥在各类画册及电视广告上，水样情怀，如水的年华，水上花……不一而足，我当然理解，无论一个广告创意多么糟糕，只要它铺得开，重复的次数多，就会达到目的。2006年，铂金的形象代言人换成章子怡，她高贵不足，妖媚有余。铂金在气质上除了高贵优雅外，还有一种分量够足的底气，狠狠地托着，虽不像黄金有种野蛮霸劲，但绝对有一股高贵的老辣，纯净中有一种厚度。年轻的章子怡太活泼了，她单薄的身体，笑出的是一种甜味。选她，很大程度上可能考虑的是她的国际知名度，铂金，浑身散发着国际味道，在中国推广，可选的人，实在寥寥。

我很想描述一下戴铂金戒指的手。它通常略略低温、白皙、修长，隐显着淡蓝色的脉络，指甲盖是浅粉或白，手指很安静。铂金的素戒戴在无名指上，窄窄的一环，简练而理性。面对这样的手，久久凝视，我感受到的只是冷酷，这个人开口跟你说话，这些话优雅、彬彬有礼，尊重着你，但是，我却分明感到它是那样地拒人于千里之外。

九　水晶，水晶

她是少女的。她是咯咯笑的。我们说，她是精灵。天然的东西，剔透，冰清，让人难免联想到她成长的痛。晶体的尖棱角，锋利，像眼睛的寒光，裸露贞洁的品质。她一会儿紫，一会儿粉，一会儿冰，一会儿黄，掉在地上，这咯咯笑的精灵，一个女孩儿落地了。多么美好，让人呼之欲出，她就活脱脱站在你面前了。

传说中的水晶球是魔法师的灵物，把双手放在上面，就能看见自己的过去和未来。电影《魔戒》中的水晶球让一个好奇的孩子受到魔鬼的引诱，从而致幻。水晶，从来都有神秘的味道，她通灵，摄取的是人的魂魄，啊，这乱心智的、可人的物件，着实是个小魔障，让人掉进深渊。这剔透东西，像一滴眼泪，裸露着魂灵，注视着她，她就注视着你。我们常说，啊，这个女子是个玻璃人，说的还是她有一颗容易受伤的心。她水水地走过，看她的人一路把心揪紧。

但是她的储量是巨大的，成分是二氧化硅。是的，跟玻璃的成分一样。于是，满天飞的水晶啊，在女孩子的手上，脖子上，耳朵上，脚踝上，她们走动，一颦一笑，水晶都会发出清脆的暗响。邻家女孩的味道，棉布裙子，马尾巴辫。钟情水晶，就是钟情天然的物件紧贴皮肤的感觉，冥冥中相信那些美好的事情降临到身上。可有可无的迷信，丢失了也毫无知觉的某个细节，遗忘……水晶，随意得像一根发带，在房间里被扔得到处都是，手链、项链、耳环、胸针、发卡……床头边、电脑旁、洗手间、书桌，俯拾即是。烟火的熏燎，水晶没了原先的灵气和神秘味道，她太家常了。没有富贵，玩的是一个趣字。

应该来说，紫晶是最好的。手链最为多见。商家赋予它们种种概念，无非福禄，做官发财的祝愿，但水晶还被赋予另一种概念，关于医学方面的，去湿啦，去火啦，调节人体机能啦，无所谓信或者不信。我偏爱绿幽灵，感觉她是有生命的，那绿幽灵通透，浅浅的绿，内里的沙一定包含了一个故事，一个生命，拿着端详，对着灯光摇着，以为那些沙可以移动，她怎么就形成了这样的姿态呢，或山或物，让人好奇。戴着她，感觉身上就有了一个活物跟着。

黄水晶有刚性，看到很多男子戴着粗粗的一串，说是有偏财运。它傻傻地黄着，又大又圆，一个财字验证了它的气质，粗横，直露，不掩饰自己渴望发财的热望。那紫晶被誉为水晶中的贵族，它一样没让我喜欢起来，它暗，通透被隐得很深，一种暗紫，像是某一时刻的心情，一夜没睡，嘴唇的表情和颜色，它契合那些阴暗的情绪，不安，抱怨着坏天气。粉晶是个没长大的女孩子，晕晕的红白，按照说法，渴望艳遇的人就戴上她吧。烟晶和茶晶是一飘即过的女子，难得亲近，她太冷漠了，一脸的拒绝，刚要仔细端详，却又忽地被个什么事给绊住，待下回再看，却又记不起来她了。

在水晶的店子里，一般不会仅只卖水晶，还有碧玺、玛瑙、欧泊、黑曜石、橄榄石、石榴石、虎睛石、海蓝宝、红珊瑚等，这些天然的精灵，它们都摆在水晶店子里，形成大的水晶族，多像大观园的女子们，浅浅近近总看个不够，让浅紫晶做黛玉、碧玺当宝钗，绿幽灵做史湘云，让烟晶当妙玉，啊，宝玉，我该拿什么来配他？水晶吧。

2004.11

第三辑
转身

转　身

从那以后，再也没有人跟我提起过 1Cr18Ni9Ti，3Cr2W8V，H13，D2，Gcr15，W9……（它们是特种钢的代号。）这些埋藏在钢铁料场深处的精灵，这些曾跟我鼻息相闻、有着隐秘默契的金属元素，我了解它们，跳荡韧性的镍、重的铬、脆的锰、硬的钨、蓝色光标的钒、绿色的钼……它们彻底地被后来的另一种生活抹掉了。我不是一个幸存者，1998 年，我离开了那个露天的钢铁料场，放下了跟随我三年的激光分选仪——它被磨得掉了漆，锃亮锃亮的，有着浑然天成的立体质感，它像步枪一样优雅。怀念或者追忆，是一个人开始衰老的表征，喋喋不休、固执、多梦、易怒，就像我现在这样。我从来没有像现在这样深深地怀念那段生活。我时常去试图触摸我的 1998，但总是忍不住要发抖，一种既明亮又隐秘、既悲亢又忧伤的情绪一下子攫住我，原本就要抓住的感觉一下子就滑脱了去，而后的内心就空荡荡的。那国有企业固有的意识形态、那庞大的生产链及有形和无形的机器，全部的声音是一个声音，全部的形态是一个形态，它们变成了一种回响，在我头顶隆隆而过，——不，它们是从我身上辗过。一些词只与时代有关，下岗、分流、算断，当那个时代过去，它们也就死了。我在一个下午脱下了蓝色的工装及红色的安全帽，空着手，一个人走出钢铁厂的铁门，它"砰"地关上了，它把一个人的命运就此切断。那个遥远的下午如此简单。对于一个非幸存者来说，她的怀念或者追忆是不能简单地以怀念或者追忆来命名的。

它像一个宝藏那样被我抖抖索索地打开，激动，被回溯到过去的青春岁月，一个热烈时代的尾声，钢铁，集体，国家，劳动的荣光……我亢奋起来，了不起的工人阶级，铁饭碗，城市户口，看病不要钱……绝对的骄傲。1994年，20岁，我进入了这家有着五万职工的大型钢铁公司。20岁，脸上长着淡淡的桃子毛，满眼盛着笑，给天空仰起一张鲜艳的脸，胸腔能飞出翅膀。它是抽象的，抽象到我无法准确地描摹它。它似乎可以与外面的世界隔绝，架构完全跟市级的一样。它有自己的学校、医院、银行、超市、电影院、报纸、电视、通讯……它甚至还有自己的文学、艺术、体育，啊，这些与钢铁无关的东西！这样的一艘巨轮，当它行驶到1998年的时候，就像是一个垂垂老矣的老人，承载了过多的负累，它疲惫、破败，甚至千疮百孔。运送钢料的火车从窗外隆隆地开过，它发出嘶哑的鸣叫，巨大的喘息，笨重而迟缓。亏损，已不再是一个敏感的词。然而根深蒂固的钢铁帝国情绪致使鲜有人愿意离开它，这观念几乎是致密的覆盖式的，甚至大学毕业的年轻人还拼命地往里面挤，他们依然相信这艘巨轮是命运的避风港。我这样说，并不是忽略了一种真正的情感——热爱。这是不能忽略的，不论在后来离开或者留下的人们，我依然相信有太多的人是出于这样的一种热爱，对劳动的热爱，对钢铁的热爱，对自身技术的热爱，对国有企业的庄严气质的捍卫和膜拜，对钢铁公司百年来一种文化惯性的深深认同！当 1998 年，下岗一词席卷这艘百年巨轮，毫不例外地，诸如人性的险恶、卑劣、自私等特性暴露，绝不只是电影情节所描述的那样，现实永远有过之而无不及，所有这些都是意料中的，它简单、浅显到让人没有再去叙说它的欲望，包括弱者的恬退、让位、舍身为人的英雄行为皆如此，它们都符合大事件中的种种细节，却并不具备特殊的意义。九年后，我在南方决定放弃对这个大事件的叙说。回望，过去的一切就再一次复活。一个人的转身是缓慢的，像落日那样缓慢。而后来的那些痛苦像经文那样喃喃唱颂，一直唱到现在，这些个失眠的夜晚。

"你最终还得服我管……"

"你从来就没法管住我……"

"……"

我转身了。

这是我最后一次跟车间主任的对话。这个自以为在这个大事件中可以支配一个人命运的中年男人，他愚蠢的得意被我冰冷地撕成碎片，他的笑容僵住了。我深深地了解，跟这样的人没有对话的基础。那个遥远的下午，它所发生的一切是那样突然。我原本是有准备的，但这瞬间的决定还是让我惊讶——也许没有比这更加的合情合理的了。

从车间回班组，经过磅房、钳工班、材料室，再横过铁路，我看见着蓝色工装的工人三三两两地走过，钳工班的老师傅从钢铁料场干活归来，跟我打招呼，我向他挤了一个微笑，啊，所有这一切，将不再跟我有关系，我将是一个陌生人。班组里，班长、师傅带着几个师兄妹去了料场看钢。我换上绝缘靴，戴上安全帽和棉线手套，再围上白色毛巾，无意识地，这一次做着这些，我的每一个动作显得那样深沉，我小心地压好帽沿，扎实脖上的毛巾，尽量不透露出关于告别的任何信息，含腰下去系鞋带，眼泪竟涌了出来。

从工具柜里拿出我的激光分选仪，枪身锃亮锃亮的，我用手指慢慢地摸过枪身，一片冰凉，泪水就滴落在那上面。擦好铜电极，绕好线，把它扛在肩上。

很快就到了露天钢铁料场，钢料在料仓堆成小山，料仓延绵几百米。一股浓浓的铁腥味迎面扑来，我一阵兴奋，张开肺叶，作了一个深呼吸。料场依然是一派劳作的欢腾。多少年过去了，我再也没有这样的经历，在南方的写字楼里，我再也无法体会到关于汗液和力量的劳作，关于机械、设备、技术、力量、人的体能之间的较量的劳作。马达声声，火车隆隆，天车在装料，料仓里，烧切工人在用乙炔氧焊切割钢料。电工、钳工在维修设备，分选工，也就是我们，深入料场腹地，用手中的枪，把一块块不锈钢、滚珠钢、模具钢等一一分选出来，分类，作上标识。这样避免它们混进普钢，被倒进炼钢炉，造成浪费。要知道，它们都是特种钢，是钢铁中的贵族。我们分厂的职责就是为公司四大炼钢分厂提供钢铁料，我们分选、切割好的钢料直接进入炼钢炉。

面对料场，我总会有一种难以抑制的情感，这样的情感让我战栗。料场是父性的，不仅是因为，我们要靠它吃饭。这就像农民面对他的土地，充满敬畏的感恩。它展现给我苍茫和遒劲的走向，像父性的背脊，裸露雄性的犁沟，有力的线条，延绵起伏。放下肩上的激光分选仪，深入它的腹地，我完成一次又一次内心的攀爬。我如此了解这一切，如此情愿永远深陷于它的腹地，它让一个女子温柔，让她归依内心的宁静。多年后，我对以文字谋生的方式依然缺乏安全感，"技术，掌握一门技术，你的一生就有了保障"。师傅就是这样告诫我们这些当徒弟的。小师妹跟着我，她提着电源和黄色的小漆桶，一言不发地跟着我。我弯下身去看钢，随后，连珠炮般地，用我短促而有力的声音喊出：G20、H13、1Cr18Ni9Ti、Cr12、CrMo……小师妹快速地用毛笔蘸漆——作好标识，不抬头地，我一口气看了一大片，像是跟谁赌气似的，我又不停地向上攀，向上攀，可怜的小师妹趔趔趄趄地跟着，她不爱说话，总像一个影子一样贴着我，我知道，她是极依恋我的。上到了一个小山顶，找了块大钢料，坐上去。风从江面上吹过来，汗湿的衣服被风吹得贴到后背，凉津津的。我看见，对面料仓的几个师兄，他们也上到了一个小山顶，坐在那里吹风呢，他们挥舞着白毛巾跟我打招呼。放眼料场，一切尽收眼底，如果是过去，我也会挥舞毛巾跟他们相呼应，然后享受征服的快意。但是现在，我把枪撂在旁边，我要慢慢地跟我的料场告别。这么多年过去了，我无数次地想起过这次的告别。现在我写到了这次告别，人是如何把告别写出的？人们通常是怎么告别的？人是无法写出告别的。

"菊，"我喊小师妹，同时我拿起枪，把它交到她手上。

"这把枪就给你了，你要拿好，你现在完全可以单独看钢。"她眼里满是慌乱，她知道我作出了一个什么样的决定。突然地，她失声痛哭起来：

"师姐，你不能走啊，你走了，谁也不会要我，我会被组合掉的……"

我心里涌起一阵阵悲伤。19岁的菊，瘦弱的肩膀，薄薄的身体，父亲因工伤躺在家里多年，母亲在外摆摊卖水果，听说还很不本分。有两个弟弟在念书。小小年纪，她就扛着家里的负担。分选钢铁的工作要两个人完成，一个人拿枪看，一个人作标记，显然看钢的人才是主角，它包含着这项工作的所有技术含量。通常是两个人轮流换着看。跟菊一批的新徒弟中，菊并不差。但她深深的自卑感以及过于内向的性格使她跟班组的人有距离，我不否认，即使是普通工人也都会有很重的势利心态。一个弱者，是不太可能有人缘和得到关注的。

我为她擦去眼泪，跟她说，"从现在开始，你要学会自救，你的技术是没问题的，下岗前，有一次技术比武，你要把握机会。"

"把头抬起来。"我跟她说，"你父亲是工伤，家里困难，厂里有规定，像你这样的，可以得到特殊照顾，你要利用好这个条件，相关资料，我会替你写好的。"

她哭得泣不成声，我不知道为什么会跟她说这些无用的话。我能为她做什么呢？菊的命运，只能听天由命。多年后，我在南方的城市，看到成千上万的这样的弱者，他们薄薄的身体，清澈如水的表情，薄薄的，一览无余的命运。他们沉默，沉默汇集成巨大的暗流，这样的暗流让跟它对视的人心里不安。多年后，我在南方认识了诗人郑小琼，她说，面对这样的弱者，我觉得我耻辱地活着。我谢绝了菊请我吃饭的要求，我不能矫情地，再一次地在她面前流露出我对她命运的牵挂。那没有用。

班组十五个人。下岗指标是五个。原则上，技术好，人年轻，工作态度踏实的不会有问题。但是，我是谁呢？身份上，我跟班组的其他人还有些不一样。他们的标签是：全民所有制合同工。我的标签是：集体所有制合同工。在班组，我和菊都是弱者，这个标签让我跟菊一样，备受歧视。我至今不明白怎么会有这两种性质的区别，我依稀地知道，全民工是由国家发工资，集体工由分厂发工资。下岗，首先要下的，就是我这样的集体所有制的工人。我通过自学成功地拿到了专升本，有本科文凭，理论上，公司是特保的。但是我似乎没有丝毫的安全感，我和菊一样，有过硬的技术、有特保的条件，这些都不能让我们看到希望，因为我们是弱者，只能等待被挤兑。等待，只能是一场噩梦。我曾参与公司宣传部报社招聘记者的考试，成绩是全公司第二名，由于我的集体所有制合同工这一性质，我失去了进报社的机会，从那以后，我学会了沉默，一个弱者面对命运的沉默，多年后，流浪于南方，我像一个容器，吞咽生活所有的苦难，面对困境，我是一个哑者，用沉默消解，这样的沉默不是消极，而是更为务实和清醒的态度。当我用文字聊以糊口度日，我再也没有找到拿着激光分选仪的那份从容和踏实感。我落选的消息传到分厂，我的车间主任得意地说出了那句经典名言：你最终还得服我管……有两个年近四旬的女师傅，不论从体力上，还是技术上肯定不如我们，而且干活偷懒是出了名的，她们过去享尽了国有企业体制的种种好处。从另一个侧面，我们清楚地看到，这种体制的重大悲哀在于，为企业造就了一大批技术不精、不思进取成天混工、思想守旧的中青壮年。我听见她们时常嘀咕：都自学拿到本科文凭了，还在这里跟我们抢什么饭碗，真是的……这是在说我，我马上扭过头去。我从来没有过牺牲自己，把名额留给别人，自己去成就一个英雄的念头，我远远没有那么伟大。我应该永远属于这料场，我感受到料场需要我，当浓浓的铁腥味将我挟裹，我随之而来的兴奋就是对它的深深呼应。这铁腥味像油漆般簇新，新锐、有活力、向上，有一股蓬勃之气。我不止一次听到班组有师兄弟说起喜欢这铁腥味，它大片大片地开放，像一种毒，刺激着我们这些年轻的神经。成组成组的诗歌写给了这料场，完成我胸口那股抒情的欲望。是料场让我滋生抒情的欲望，写诗的欲望。它如此本能，我要表达，要喊，我选择了文字。这些诗发表在公司的报纸上，微薄的稿费寄到班组，我拿着它请师兄妹去附近的低档饭馆吃饭。一段时间没来，就会有人问起，仿佛有永不枯竭的稿费会源源不断地寄到班组似的。

收拾东西，是一个伤感的过程。我的工具柜是钳工班的老师傅给我焊的，漆成墨绿色，很漂亮。我只放着书和一些换洗衣服，一面镜子，洗发水，香皂，木梳和擦脸的乳液，工具我不能带走，要亲手交给班长，让他签收。柜子里有一幅油画，我用玻璃压着。这是林为我画的，我把它拿出来，仔细地端详。

画的背景就是钢铁料场。它阴郁，沉闷，天车伸出长长的臂膀，把天空压得很低，料场延绵起伏，像古旧的城堡，远处，有烟囱在冒着烟。不远处，有一个人站在料仓的铁墩上，做着一个古怪的动作，他的身体变了形，像是一个趔趄，像是要摔倒的样子，那样子明显有扭曲的痛苦，在料场面前，他如此渺小，似乎还在慢慢萎缩。画的主体是我，是我的一张仰向天空的脸。脸是橘红色的，像一枚多汁的浆果，这是他采用了马蒂斯的用色。因为微笑，嘴唇微微张开，但它似乎向外喷出气息，它如此饱满，散发浓郁的年轻身体的野兽气味。生鲜，有原生的活力。这是我认识林不久后，他为我画的，他说，我让整个料场黯淡。

　　林是公司的先锋派画家。那个时候公司的文学、艺术门类非常活跃，跟外界的交往频繁。这些作家、艺术家们都是工人。林刚好跟我在一个分厂。他是一个天车工，在我头顶工作，年长我八岁，已婚，对我而言，他是个思想上的异端分子，洞悉世俗的一切，但同时又屈从于世俗的一切。他嘲笑我是个处女，嘲笑我相信一分耕耘一分收获，嘲笑我认定的那些美好以及我口中的那些大师，那些经典，那些被人们反复传颂的种种美德。当然，这些嘲笑是善意的，调侃的，是有趣的，是充满快乐的。应该说，它多少动摇了我内心的信念。往大处说，是世界观。

　　我最初跟他最根本的分歧在于，我一直认为我首先是一个工人，其次才是一个诗人，我属于料场。他一直自诩自己是一个艺术家（而非画家），他属于整个人类。是世界的。这个观点我后来逐渐认同，作为艺术的一面，我看到了自己的狭隘，但是，我最终无法接受他骨子里瞧不起工人的心态，我最后跟他说，你瞧不起工人，你无法属于整个人类。这也是我跟他永远的区别。他送给我的那幅画，我一直不太喜欢，料场在我眼里是父性的，它开阔明亮，为我展现劳动的欢腾，让我充满敬畏，我被料场苍莽的气质吸引，它绝不是阴暗、落后、卑微、压抑人性的城堡，不论是物的，还是非物的，料场被扭曲成这样，我心里很不舒服，这幅画，虽然他是在赞美我，但我一直把它压在工具柜的木板上，几乎没有示人。

应该说，林改变了我，但最终我又跟他如此不同。我时常去他的班组玩，他的情人是料场烧切的女工，一个在分厂浪得出了名的女人，很滥，传说她有很多男人。我在林的多幅油画中见识过她过于饱满的臀部和乳房，我素来看不起淫荡、放浪、没有自尊的女人，她们太贱了，应该羞愧而死。中午，我们在饭堂打了饭，就聚在林的班组去吃。这个时光，几乎全被我们用来谈论所谓的艺术。我被林灌了很多东西，诸如：从绘画的印象派、野兽派、立体派到神秘主义、超现实主义和后现代主义；从波谱、偶发、行为、大地艺术到反艺术、非艺术的达达主义；为了能跟他同步，我私下在书店买了很多关于艺术和哲学方面的书籍，了解梵高、高更、马蒂斯、莫迪里阿尼、毕加索、达利、杜尚等人的作品，把萨特的存在主义，尼采的著作，弗洛伊德的学说拼命往脑子里灌。小说的阅读我从勃朗特姐妹、红楼梦、托尔斯泰以及法国文学著作，转向了卡夫卡、福克纳、马尔克斯、詹姆斯·乔伊斯以及当时刚刚流行的米兰·昆德拉。林不停地嘲笑我，说我应该更早读到这些，这是作为一个艺术家最起码应该了解到的，这只是基础部分，更重要的是创作力，创作力，懂吗？这样的谈论持续了三年，从我这方面来看，我的角色是没有性别的。林当然不同，如果我是个男的，他不会有这样的热情。他需要一个像我这样的听众，在公司小有名气，年轻，可能还貌美。他需要我崇拜他，像他的情人崇拜他那样。那个女人总是用敬畏的眼光看着我，恭顺、温柔。在过道上，要是跟我碰着了，她总是闪在边上，低下头去，让我先过，她是年长于我的。每每吃完饭，她会默默地收拾狼藉的桌面，然后拿到外面的水龙头去洗干净。她为林洗衣服，把它们晾干，然后拿熨斗小心地熨得平平整整，悄悄地往他的西装里塞折得很漂亮的棉手帕。她轻声款语地跟林说，叫他不要用这样的口气跟我说话，每一句话，充满着对林的爱。这样的爱带着母性，包容，深沉，这分明是天底下最好的女子，我从来没有看到过她有淫荡、轻佻的举动。出于偏见，我在相当长的一段时间里对她一直冷漠着，我对这种冷漠感到内疚不已，我竟然漠视一个善良、怀着深沉的爱情的女人，她是多么纯粹，爱得那样义无反顾！就算是一个荡妇又有什么关系呢？一个初冬，她怯怯地把我叫进她的更衣室，拿出一件绿色的毛衣来，说，这是最新的花样，我打完半个月了，怕你嫌弃，一直不敢送给你……从那以后，我就叫她姐，公开地叫，这在以前是无法想像的，我居然跟一个荡妇亲密地走在了一起。

想起她，我总会把她跟菊联系在一起。两个弱弱的女子，挨在一起便会散发苦难的味道，她们沉默着，让人们不忍注视。听林说，她是个离了婚的女子，所谓的淫荡，是她被两个花言巧语的恶棍给骗了，两个下作的男人四处散布说他们睡了她，她在床上如何如何……人们似乎更容易相信一个人的恶。我也是其中之一，让人痛心啊。我总在寻思，是什么让她越过流言的障碍，让她如此明目张胆地跟林在一起，从而把这个荡妇坐实了？唯一的答案只能是爱情。至于林，他似乎更迷恋她的肉体，似乎得意于一个男人对一个女人绝对占有的虚荣中，拥有情人，似乎更符合林作为艺术家的体面。他当然没有感受到她的美好，她那远远超越了他的所谓艺术内涵的纯良品性。他不明白爱情才是世界性的，甚至是超越艺术的。

在与林的交往中，他确实向我打开了另一个世界。他后来带着我去认识了一帮画家，有的搞架上画，有的搞行为艺术，也有的搞装置艺术，我的收获是了解到本地多样化的艺术表现形式，这些艺术家当着我们的面，隔着画布跟模特乱搞，林说，我需要这样的启蒙，但我只是笑笑。骨子里我认为，这些画家不论从哪个方面都无法启蒙我，性的张扬、全盘否定传统、反传统就是先锋、把性作为艺术对象就是先锋等等，在我看来，他们的手法都没有超过早期的达达主义。依然性啊，生殖器啊，身体器官啊这些陈词滥调，林跟他们交往，仅仅是希望留在他们那个圈子，那个所谓的艺术圈子，继续保留他那"先锋"的标签。我拒绝了跟他一起去参加这类艺术沙龙，同时说出了伤害林的那句话：你太可怜了。我一直强忍着骨子里不断增长的对林的不屑情绪，这句话造成了我对他永久的伤害。我一点都不内疚。他知道，我把他看透了。看透一个人，是那样让人难受。

林曾向我强调，评判一个作品要忠于内心，而不要去相信这个作者的名气以及那些关于界定作品好坏的种种标准，这个看法我至今依然保持着。它从某种程度上颠覆了我迷信那些名气大的作家和他们的作品。在公司举办的一次大型的艺术作品展览活动的闭幕式中，他激烈地批评公司一位颇负盛名的老画家的作品：水平太差了，仅雕虫小技，完全谈不上创意，根本不配参展云云。我虽然知道林有做秀的成分，但还是第一个站出来为他鼓掌。我不想掩盖我对他在这方面的激赏。在他与他的情人之中，我看到人性的美好与悲凉，它修整了我先前的某些褊狭，同时我更加清楚地看到，我总是那么容易为人性中的美好而感动，哪怕是卑微的，我都会没有任何偏见地，对这样的美表示由衷的赞颂和敬畏，并对平凡的人生和苦难的命运满怀着热爱和祝福，所有这些，我认为不是你如何先锋、叛逆、有多少学问、读了多少书、获了多少荣誉就能做到的。1998 年，我 24 岁，当时我已意识到，我可以做到离开料场，可以一个人去任何地方而不会有恐慌和畏惧，我不会无端听从一个人，听从某件事，我摆脱了精神的某种障碍，我可以越来越开阔而没有偏见。我似乎可以对自己的人生作出判断和选择。从生存的角度上看，料场已不再使我有依赖的成分。我对车间主任说的那句：你从来就没法管住我……这句话虽然有点突然，但是它的前提是，我应该完成了个体的独立意识和自由意识，我应该可以转身。林从来都看不起身边的工人，憎恶听起来不太体面的露天钢铁料场，形容它是地狱，但他带着他的艺术、他的世界性在那个"地狱"呆了一辈子。

我没料到在我决定离开的时候会那样难过，我从来不知道我对料场怀有这么深的情感。虽然离开的想法由来已久。1998 年，当那个大事件将要来临之时，我相信有太多人完成了他们一生中最重要的转身。它一定给人们内心带来了颠覆性的震撼。不论是选择离开或者留下，他们都不同程度地做过强烈的挣扎，大事件让人们在瞬间深刻地感受到自己对钢厂的感情，对自身技术以及对劳动本身的深厚感情。而我，四年中慢慢成熟起来，我的身体像一枚熟透的桃子，裸露出甜的秘密。他是一名电工。有着细长的身材和羞怯的面容，澄澈的单眼皮眼睛，隐藏着他内心已定的主张。看见我面色会微微地潮红，我知道他喜欢我，我精于这样的判断，并为此兴奋不已，满足于这样的虚荣中，享受浑然不知情的乐趣，他确实被我要了几次。他傻傻的样子让人疼到骨子里，而太多的沉默让我们没来得及交流，不，我们没来得及相爱。多少时候，我在料场期待看见他的身影出现。当我望向他那里，他一定是准时地望向我这边。

没有表达的爱情是最美的爱情。他属于料场，属于他的设备。我时常把他与料场看成一个整体，在决定离开的那一刻，我感到我是多么爱他，离开料场，就等于离开了他。我身体的秘密被我珍藏已久，观念上，我不是一个保守的人，在跟林的交往中，我对他的嘲笑不屑一顾。我是一个老练的处女，可怜的年轻人，他一定不知道，我向他发起腥味的攻击。接到我晚上约会的电话后，我感觉到他心跳得厉害。

料场东面有一块草坪，是工人们歇息的好处所。我把约会地点选在这里，这是多么暧昧的一个地点啊，是那样不怀好意。我的年轻人来了，我温柔地抱住他，他的心跳得多有力呀，我把脸贴在他胸口上，可怜的年轻人失去了自制力，他紧紧地贴着我，我们沉向料场的深处。那个动作如此简单，简单到残酷。但它发生了，于我，很大程度上象征一个符号。之后，我开口说话，我听见我胸腔的轰鸣，它混浊，厚重，仿佛混沌之后的重开天日，也仿佛我在瞬间脱胎换骨，我感觉我内心有一种东西在慢慢上升，它是那样彻底，那样决绝。

2007.5

沉默，坚硬，还有悲伤

先前，或许更早，我在南方零星地听到关于冶钢（即原大冶特钢股份有限公司）的消息。而我则趁势打听着露天的那个钢铁料场。它的下落，一个地点，一个人，一段琐事。然后我又费力地去绕开它，绕开这刚刚获知的一切。这些消息时常会化作一些明灭的影像，时远时近，清晰但散乱在记忆里。我已找不全我曾为它写过的那些诗歌，它们跟许多东西一样下落不明，就像那些簇新的蓝色工装，绝缘靴，红色的安全帽，还有白色的棉线手套，当然，还有我时常对着天空仰着的那张鲜艳的脸。它们属于我的上个世纪的九十年代中期，它们时常泛着浓浓的机油味、钢铁味、汗味，混着马达声、钢铁撞击声、车床声、电机声和落锤声清晰在我南方的睡眠里。大块大块的影像在我面前晃动，我开始了一种类似于梳理的凝视，这样的凝视最终留给笔和纸的只是几个关键词，沉默，坚硬，但却有一种显而易见的傲物态度。我想起在钢铁料场上开过来的火车，它大声咆哮着喘息而来，带来巨大的震动和气流，它开走的时候长啸而去，那背影充满了忧伤和高傲。

在广州，在深圳，我不止一次地看到过城建的施工现场，我看到高大的天车立在工地的中间，它对着城市的天空伸出长长的手臂，它要够什么呢？它的皮线垂下来，一直垂到地面，一个沉实而肥硕的铁钩躺在那里，它是锈的，而且冰冷，一个死物。它不再是我所了解的那样，散发出一种来自内部的黑色的亮光，浑身发烫且凝聚着惊人的力量。

我抬头仰望，它的驾驶室是空的。我看着这台牲口，很想登上铁梯坐进驾驶室，为的是好好摸摸它，它的大车，小车，主钩，副钩是不是像我的那头那样，那么温顺，那么听话。而我的那头，是否还在冶钢露天的钢铁料场？它现在的主人，是否能像我一样，一个小时能卸三个车皮的生铁或压块？一个小时能装好一炼钢、二炼钢的料斗？那个人，是否会跟我一样，爱着它，为着它时常超负荷作业发出的悲鸣而伤心难过？他会不会因为厌倦工作的劳累，去疯狂地旋转控制器的转盘，去神经质地甩着小车上的钩子？

我不知道，遭遇钢铁这意味着什么？我分明地知道，我的性格里，有钢铁的特质，沉默而坚定。它使我一直处于站立的姿势。穿着不见体型的蓝色工装，蓄着短发、穿着平跟的绝缘靴，但是我的背影，它一定是婀娜的，狐媚的。坐在几十米高的驾驶室里收料、卸车、装斗，我目光如炬，脸绷得紧紧的，嘴唇也抿得紧紧的，那时的我一定是强悍的，力量和速度的完美结合。我的瘦弱、我的轻度贫血，从来都遮不住那个响亮。

前几天去客户那里提案。我为他演示品牌推广策划案。我想呢，它是能够通过的。我的市场背景分析，竞争对手分析，目标受众分析，推广策略，它们散发出我的灵魂的气味。我的感知，我的性格所成就的文案风格，这样的策划案，拿在手上，就像拿着一个自己，它那么重，我甚至感觉到它在颤动。有些资料，我并没有随便交给市调公司，我知道，他们最终提供给我的只能是一堆死的数据和众所周知的个案。而我，要的是个人最真实的体验，它有温度，有划破手指头的疼痛般的鲜活——它所能给我的最本原的反应。我逐一拜访客户在广东所有的品牌专卖店、连锁店、特许加盟店，了解品牌推广中的所有要素及相关内容，我要的是一种瞬间的天才和超出经验之外的把握。出自于数据和材料本身，但又似乎不是。

用策划人常说的那样，这就是策略同质现象中的差异性。

我太执拗了。呵，我跟我的客户沟通时不停地念叨着"一定是这样子的，一定是"。我不能容他提出质疑，就抢着打断他，然后再对他微笑。这样的微笑仅仅是出于对自己鲁莽行为的歉意。但是我不会去解释什么，解释——关于我的策略在同质现象中的差异性，我更不会去评价别人的策划案的种种不足。我只会沉默。我知道客户约了三家广告公司出策划案竞标，我还知道我的案子是最好的，可是我一直未能获胜赢得这笔单。如果我的案子输了，我一定会泪流满面，为了我附在上面的灵魂的气味，我的感知，一种数据之外，智慧之外，紧贴在上面的那些个案的真切喊叫。我从来都学不会的商业谈判。从来都学不会。我还拒绝公司任何一个人代替我去客户那里提案——没有一个人能像我这样了解它，就像我了解我的天车那样。至于老板的苛责我是不在乎的。除了炒掉我，他对我毫无办法。

我一定是有问题的。一定是。我看见那家广告公司递案子的也是一个女孩子，显然她的妆是刻意化的。她在客户那演示她的策划案之前，居然拿出一堆感冒药，说是昨天听说客户感冒了，特地为他准备的，她在说这些的时候，很自然，大方，仿佛是顺便捎带上的。她的笑，是老朋友型的笑。面对客户的质疑和不解，我听见她不停地解释，不停地笑，还有奉承的话。她在客户的不同意见下当场否定着自己，不停地。

我一下子看见了我自己。我的坚硬，我的沉默，还有无端的悲伤。这样的悲伤让我摸到我内心最柔软的那个部位，它再次被击中。太多次，我就这样照见了自己，那钢铁一样的气质，裸露出令人心碎的宿命意味。我想起多年前的露天钢铁料场，那钢铁般的沉默和坚定，我紧抱着自己瘦弱的身体，它单薄，像命运的拖影。

多年前的露天钢铁料场。宽阔，空旷。弥漫着钢铁的腥气。料仓是用一米多高的铁墩围起来的，都做了编号，它们延绵几十米。醒目的黄漆字一排排，"向成本要效益"、"全员挖潜增效，奋战最后一季度"、"把好质量关，严惩以次充好"……它们也延绵几十米。只要身处料场，我都能听见它们振聋发聩的喊叫，这些醒目的字还长满眼睛，它们看着我们这些在料场上劳作的人，谁在偷懒。我在那个料场里阅读了艾略特和庞德们，阅读了马尔克斯和福克纳们，也阅读了尼采、萨特和郭尔凯郭尔们。我写了很多抒情的诗歌，多年之后，在深圳的一间出租屋里，我借助网络再一次读到它们，那样的手法是幼稚的，那样的表现是拙劣的，但是，我却读出一种清澈如水的东西，单一的质，像钢铁的骨头，细脆而坚硬。

我跟一个女孩子一起学开龙门吊天车，师傅是一个年轻的技术状元，他机敏，沉默，性感。一戴上安全帽，就有一种轩昂的俊朗气质。我和师姐第一次看他的技术表演，他收料，把吸铁盘甩到钢铁料仓外，只一拖，就把过道上的料渣都蹭得干干净净；装斗，无须别人配料，无须别人挂钩，他开的机械手能一下子稳当地钩住斗耳；卸车，他的吸铁盘就像是给车皮砸了个缺口，生铁和废钢汹涌地流向料仓……

两个年轻的女徒弟，和这样的师傅，故事一定是俗套的，这是必然。那个时候，我跟师姐天天早上骑着自行车奔往料场，而太阳，刚好就在那个时候从料场的东边升起来，红红的，整个料场就披着胭脂色的红晕，露出一种温柔来。这些，当然是因为我和师姐，两个年轻的女孩子，来到了料场，这个几乎只是男人们工作的地方。我和师姐都是擦着口红上车的。

师傅教我们开车，他会在后面帮我们捉稳大车和小车的方向盘，这个捉，是他的两只手紧握着我们的两只手，他的整个人，几乎是从后面环抱住了我们。这个姿势是暧昧的。虽然它出于客观的需要。只试了一下，我就怯怯地跟他说，不用捉，让我自己开吧。但是师姐，她老是捉不稳，她说她害怕，师傅就这么一直环抱着她。从一开始，我就跟师傅有着一种明显的距离感，不，我好像跟谁都不会特别亲近。那样的，粘在一起的。这样的距离让我慢慢地有了失落感，空闲时，我进入不了他们的聊天，只好一个人看着自己的书，但是师姐那脆脆的笑声，一直刺到我心里。

你不该属于这里，有一天，他突然对我这么说。

你是觉得我的车开得不好吗？

不，你开得很好，比很多男人都开得要好。

我感到这些话有一种热切的气息。我沉默了，说不出什么。但我不能跟他那样呆在一起，那么近，那样的面对面。我只得借故离开，一转身，眼泪就流出来，我为自己性格的弱点悲伤。多年之后，在南方的天空下，我常常忆起这些，那些流过的眼泪就再一次流出来。

公司也进一些私人贩卖过来的钢料。这些料经过验质人员验过、磅过之后直接开往料场。这样的料一般在晚上进入料场，通常是几大卡车，加长的那种。

有天晚上，师傅跟我说，呆会有几车料要卸，今天你去卸吧。

我很快上了旋梯。进了驾驶室，开了照明，摁下空气开关，车启动了。往下一看，料仓外站满了人，他们都仰着脸看着我卸车。

几盘下来，我就发觉根本吸不动，这哪是钢铁呀，分明有一半是石头。这料有问题，我知道事情严重了。立即切了电源，下了车。料仓外的那些人马上围拢来，其中一个跟我说，急什么，少不了你一分钱，还是老规矩，卸完给钱。

我说，这料质量有问题，不能卸，我得跟我师傅说去。我心里想，你给什么钱，我是国有企业的工人，拿的是国家的工资。那个人看我执意要走，只得拿出两百元交给我说，行了，行了，你快点上去卸完吧。

我推开了钱，要去找师傅。那些人在我身后骂，有毛病啊，装什么清高！是的，我一直是有毛病的，一直是，只是那时，我并不知道。

这真是一件可怕的事，听师傅说完，我惊呆了。原来验质的、磅房的都跟那些贩子串通好了，他们都拿了好处，每一个验质人员最起码不低于一百万的身家，这就是验质这个工种这么吃香的缘故。天车工和磅房的呢，就吃那么一点剩渣而已，我们天车只拿一个卸车费。师傅说，这事由来已久，有很深的渊源，分厂的领导都难说是干净的。这事牵扯的人太多了，其实总公司的人都知道，要彻底制住，唯一的办法是不进外面私人贩子的货，这显然是行不通的，从正规渠道进的货，我们的炼钢炉根本不够吃。

我和师傅沉默相对。他，和我都没有评价此事，我们连一句愤慨的话都没有。我们知道，那没有用。

我捡起手套，重新戴上安全帽，返回了驾驶室，我一言不发，一盘一盘地把那些石头刮进了料仓，完了，下了车，我推开那只递钱过来的手，一个人默默地坐在铁路的木枕上。我久久地想起师傅说的话，你就是拿了钱，也不要有羞耻感……这是两码事。

我的师傅，我知道，他也没有拿过卸车的一分钱。我跟他，有着同样的沉默和坚硬。我终于理解了这个男人的沉默，他跟料场上的那些人，有什么可说的呢？我终于明白了，为什么他在料场一直没有朋友。我的心里涌起一阵阵无法抑制的悲伤。因为这沉默，这坚硬。作为底层的小人物，我们知道恪守什么或者放弃什么，都不重要，但我们都这样做了，这跟高傲和伟大没有关系，跟什么人性纯洁也没有关系，而仅仅是——图个舒坦。有一种别扭，我和那个男人，永远也迁就不了。太累了，我在铁路上睡着了，醒来时，头枕着师傅的大腿，他的蓝色工装盖在我身上。

当我觉得，跟一个男人可以用沉默进行交流的时候，就会有一种美好的气息将我们笼罩。我们呆在一起，不说话，他修理他的工具，我看我的书，一种无须言表的默契把我们联系在一起。这种东西是甜蜜的。很傻的那种甜蜜。我们都等待着对方迈出那一步。

我只能是失败者。只能是。我连给师傅打饭，洗衣这样的事都做不到。我甚至连主动靠近他都做不到。谁愿意娶这样的女人呢？一个很好的朋友告诉我，用女人最本原的方法就能把事情办妥，她的意思无非是让我去引诱（或者是勾引？）我师傅，这对于我，太难了，我做不到，做不到……相当长的一段时间之后，师姐跟师傅的关系公开了，这是意料中的，仿佛是等着我亲手把事情弄成这样。我一定是有问题的，一定是。悲伤再一次攫住了我，我哭不出声。坐在屋里不停地写诗，写诗。这是多么没出息的人才做的事！

你是不会属于这料场的，你会离开这里。他这样跟我说。

我沉默着，如果不能跟他在一起，如果我们不能相爱，我还留在料场干什么呢？那么我，怎么面对料场对我说来是极陌生的地方，天车是极陌生的东西？他不再是我可以爱的人？所有这些不再是我的全部，我不再是它们的一部分？我的一生，如何绕开料场的这一切？我曾为它倾出了我所有的热情，我抱着自己瘦弱的肩膀，感到一种无法冲破的强烈性格将主宰我的一生。这是逃不掉的，我就好像看见了自己那薄薄的一生。

我离开了那个露天的钢铁料场。多年来，有多少次是因为这沉默和坚硬让我一次次离开，离开一个地方，一个事件，一个人和一段时光。广州、上海、深圳、北京、昆明、东莞、珠海，我还得漂往哪里呢？哪里才是尽头？这又是另一个主题，它同样令我沉默，坚硬，而且悲伤。

2005.3

晃

　　他又走在这条街上，这条街长得他走也走不完。他走着，与时间为敌。他想找一把钥匙，或者他想让自己忘掉有这钥匙。夜幕早在他离开他那墓穴似的宿舍之前就降临了。他不知道他走了多久，更不知道这么走下去会有什么结果。手机响了，是唐筑打来的，唐筑说他正在今夕何夕大酒店里吃饭。快点过来吧，还没开席呢。唐筑在电话里对他大声说着话。他那边很吵。他没吭声，只对他说他不来了。他很想对唐筑说他下岗了，他知道唐筑肯定会祝贺他的，但是现在他却没有向他提及。很久了，他已经有太多的事不想向唐筑提及。唐筑曾不止一次地对他说要他离开那破地方。但是他偏执地说，问题不在这儿。他觉得唐筑无法了解他。现在他的心里面空荡荡的。不知从什么时候开始，他养成了自言自语的习惯，他嘟哝着，最后，他的目光散落在路旁的一辆桑塔纳的前轮上。

　　这条街两边堆满了歌舞厅、美容店和各类小吧。此时它们的颜色大体上是粉红或是蓝紫。他很想进到它们之中去。进入到某一空间去。他猜测在那里他会遭遇自己。完全不同的，他会在那里等他。是谁让他和自己彼此隔离。那空间是否有这钥匙？他看见女人们来来往往，像海洋中的热带鱼，她们都很明亮，像涂了金粉，散发着热气，这温软的热气扑到他脸上，他向行人扔了一张被拧歪的脸。他想闭上眼睛，但他仍能看见一切。现在，他身体的某一部位不舒服起来。它那么醒目地不舒服，使他有一种被胀大的感觉。他被胀大，沉重得让他寸步难移。在他那颓废的主体中它是那样旺盛地盛开在那里，让他难过。车一辆辆在他身边呼啸而过。霓虹灯上的广告由街道的蜿蜒闪亮而去，而来。神色各异的人匆匆而过。所有的一切都在流动。他站在那里，时光和时空的流水从他身边流过。流过，正带走他对生命所贴恋的那一点一点的东西。而他空洞刺眼地立在那里，他被自己胀大，硕大地在那里晃动。

大学毕业的那年他就来到了这个城市，在一家大型国有企业里当起了工人。关于家乡，仅只是梦中的炊烟在河坝两边袅袅升起。他深信一个人的个性会在童年中找到痕迹。从小他就像个女孩子，眉清目秀的，而且总喜欢跟女孩子在一起。多少次，他为了女孩子打架，满脸伤痕地回来，用沾有血迹的袖口去替女孩子揩泪。他是从来不哭的。柔弱的秉性中，有倔犟的血气。十四岁时，他看了艾青的诗，从此就喜欢上了这东西。他喜欢诗，更重要的是诗的内质是他所喜欢的，他说不清那内质是什么，但感觉到那内质里散发出的气味像是他自己的。他沉湎在那气息里，为某一个词而神魂颠倒。诗歌像是某种宗教，让人依托。一度，他觉得没有诗歌就没有一切。在相当长的一段时光里，他钻进艾略特、波德莱尔、埃斯蒂斯的世界里。他的世界纯洁得像一根骨头。

外界不因他的内向而向他关闭。厂里办了一张报纸，他总往副刊上投稿。班组里，他总会收到许多读者的来信。他打开它们，但很少回信。身外的东西他一无所知。总有一些年轻热烈而活泼的眼神投向他，他把她们称之为美好。她们在他的诗里。天堂般的五年过去了，他坐进了宽敞的大办公室，做起了党委干事。他是怎么上来的？他心里是清楚的，某某人很担心这一岗位会落入他不喜欢的人的手中，竭力在厂长面前推荐了他。他成全了某人的阴暗心理，光明地坐进了办公室。直至后来，他才明白，那五年的工人生活恐怕他一辈子都不可能再有。工人们都是平等的，他们的世界真干净。连阴谋都那么可爱、透明，丝毫不用含蓄。他记得他的师傅，那是个老工人，在他眼里，上班干活就是自己的事。喝点小酒，逗逗女人，一辈子真是快活。

他是内向的，不惹闲事。他总穿一件青灰色拉链衫，让人觉得他像从记忆中拉出来一样。他还保持着他的眉清目秀，一头浓密的黑发，大卷大卷的。清瘦的脸，有一双澄澈的单眼皮眼睛。话说急了，面色会微微地潮红，虽音调不高，但却很清晰。一个放荡的女人曾盯住他说，这孩子真招人疼，让人疼到骨子里。他的生活别人无从得知，人们总看见他拿着一份古怪的杂志，卷成筒夹在腋下匆匆回他的宿舍。

唐筑与他是同学，那年唐筑通过关系分到了这个城市的一家报社里。说真的，他从未羡慕过唐筑。他不羡慕唐筑还包括唐筑在报社分得二室二厅的房子，还娶了这个城市税务局局长的女儿。总之唐筑过的是这个城市的主流生活。"娶个老婆吧。"唐筑不止一次这样对他说，"有个女人在身边会不同的。"他知道，唐筑的规劝是善意的，但是他觉得无法与唐筑展开交流，唐筑不懂他。他克制着不断增长的已从骨子里看不起唐筑的心态。是的，唐筑有着明确的奋斗目标，从一个部门的主任到副总编的野心。他总是精力充沛，干劲十足，一副踌躇满志的样子。这没什么不对，只是他不明白，为什么他与唐筑之间会有一种联系呢？是因为他们是同学？他与唐筑到底是什么关系？他们有共性吗？他也许比任何人都了解唐筑，唐筑是聪明的，是那种典型的江南才子式的聪明，他这种聪明在小区域里会成气候的。唐筑在极短的时间内适应了一个新环境，并在最恰当的时机展露了自己的才华。这年头，一个聪明有才华的人是容易出人头地的。因为有才华的人并不见得就聪明。但是他看不起唐筑是因为什么呢？是因为他曾抛弃了他所爱的那个女人，而选择了那个局长的女儿？不，这一点不足以成为他看不起一个人的原因。是因为他对这个世界所倾注的那种热情吗？如果这个理由成立，他觉得他变态了。

他有些变态了？宿舍里，也许那个抽屉比任何人都了解他。里面塞满了诗歌、随笔或者是一些什么也不是的文字。这些东西记录了他曾度过的时光。渐渐地，他对抽屉有了恐惧感，他从不翻看旧稿，旧稿已无法提供他今天如何度过一段时光的可能，它只能为他提供一种熟悉阴郁心理的可能。但抽屉总是执拗、醒目地存在着，它闻着他的气味追逐着他，他只能退避，并在退避中感到自己在萎缩。他并不对这退避对应物的巨大、无所不在感到恐惧。而是一种比恐惧更糟的感觉：荒芜。这种循环的可怕的，依赖写作或是胡思乱想来对付时间的恶魔。日复一日地重复着，他想摆脱，但每一次尝试都没有结果，连尝试本身也卷入了这场漩涡中。他终于弄明白，他是如此依恋这种生活。

电视在宿舍四楼的会议室里。同宿舍的小罗和他的女朋友总是看到半夜才回来。紧接着是他们打水的声音，脸盆哐啷地响。他觉得这些声音比不远处的推土机发出的声音还要大。这些声音不怀好意地骚扰他，让他觉得自己是那样清冷和毫无生气。宿舍就住着他们两个人，一个正门进去就是紧挨着两个房间，他住在靠里面的那间。大休的时候，小罗的女朋友就让小罗去喊他来斗地主，他有时来有时不来。但不知为什么，后来她没让小罗来喊。他至今没看清她长什么模样，她的五官是抽象的。他觉得她不打招呼就用他的洗衣粉，当着她的面呵叱小罗打扫卫生以及她忘了她曾借了他五十块钱等等等，这是多么足实的性格，他常想。"你真的没有女朋友吗？"她问。"没有。""其实只要你性格开朗一些是可以找到的。"他一听这话就明白，在她眼里，他是找不到女人的那种男人，或者说是没女人要的那种男人。她的表情在告诉他这个女人完全是一副好心。没什么不对，也没什么好纠正的。

小罗先生也是极为有趣的一个人。他几乎具备了男人的太多缺点。比如不爱洗脚。比如不喜欢陪女朋友逛街。比如从不洗碗。比如爱偷看漂亮女人。他是无辜的。每当被女人数落，可怜的男人便抓住报纸作为免战牌。从这对男女身上，他闻到了婚姻和家庭的味道。它们暴出的糊味时常冲进他的房间，以致打扰这个安静的人。他出来劝架，制止男的，告诉他要忍让。忍让。然后再告诉他，他是有福的。那女的总是怔怔地看着他，之后，他听见她对小罗说他是个古怪可怕的人。其实他有一件更重要的事情要跟他们谈，他想恳请他们晚上不要太过分了。怎么弄得宿舍都晃动起来。他想跟小罗谈谈这事。他认为小罗是可以接受的。说不定这男人还会有一种可爱的抱歉表情。这样的表情他会有。尽管他为了房子、位子诸如此类的事奔波，为摆脱这样一个女人的烦恼而困惑，但他相信他仍然会有那种灵光乍现的本原表情。哪怕只是一瞬间。因为他从小罗的表情中解读到关于男人那普遍忧郁、焦灼的傻瓜味道。这种味道甚至于有厌恶生活的成分。在夜晚的黑洞里，女人的尖叫和男人的喘息有多少是快感。宿舍剧烈地晃动起来，他的背脊冰凉冰凉的。他甚至听到他们弄垮了钢丝床，这金属着地的声音在向黑夜施暴——在向他施暴。他身体的那个部位是那样不舒服。他想想些别的。想小罗。真奇怪，他怎么会想小罗呢？他想着他的生活，他那现实主义直奔幸福大门的生活。真的，他也从未羡慕过他，也许，他的房子会有的，位子也会有的，他的喜怒哀乐将由此派生。一切将是目标明确，有着理所当然的因果关系。于是小罗同志生机勃勃地活着。

几天前，书记跟他谈过话。书记破例给他沏了茶。他坐在书记对面，仰起一张孩子似的无辜的脸。这样的表情人们可以从一只羊的表情中看得到。那只羊面对屠夫的刀时就是用这样的表情面对屠夫的。这个比喻也许有些夸张，但书记还是很人道主义地有点尴尬——他感觉到了这谈话内容难以展开。但书记毕竟是书记，他总会有办法的。书记问他家里有什么人，父母多大年纪了，兄弟姊妹几个。书记能像这样拉家常般与他交谈，真让他受宠若惊。但书记竟然没问他家里有没有困难，理由绝对是当听到回答"有"的时候他更难以展开谈话内容。毕竟书记一下子忘不了他给他写的本科毕业论文，他勤勤恳恳为他打理了党委的一切繁琐的杂事。接着书记又谈起由于大气候的缘故，导致国内钢铁行业不景气，所以国有企业必须改革。他定定地望着书记，觉得他在跟一个不听话的孩子讲大道理。他谈话的水平太臭了，拉这么庞大的结构竟然是为了得出这么个可笑的因果关系。真是令他失望至极！"所以国有企业必须改革"。于是改革就不可避免地要发生了。至于说书记想说什么，他非常清楚。但是，他要坐到最后一刻，他要看看书记是怎样将话题引向正题，而不是由他主动去捅穿它。他要书记亲口说出：上面决定让你下岗了。书记的嘴唇那么濡湿，他喋喋不休地说着，而他仿佛什么也没听见。他在想，如果此时团委书记姚小姐坐在他的膝上他会不会硬起来。书记硬起来的表情是不是也有些傻。这时书记突然激动起来，他的脸涨得发红，好像急切地想把某个问题表达清楚，他正在为这事使劲，为找一个准确的措辞，一个更恰如其分的方式而努力。这是一种典型的快要到达高潮时的男人的表情。他似乎听见书记在说：宝贝，为了高潮你使点劲……销魂的几秒钟后，书记很快又气定神凝，风平浪静，侃侃而谈。此时他正在举例。说某某钢铁厂通过改革如何实现了扭亏为盈。他开始坐上了书记的船，任他把他带到任何地方，风暴、巨浪、跌宕，他们人为地制造着。为的是躲避那种真相之后的宁静，那宁静之中的尴尬。两个聪明人在干一件蠢事。而他坚持顽抗到底，绝不将话题引向那个最终的核心。他要把这个悟性权让给书记。现在他要做的只是一个傻瓜。这很方便。而此时书记已经说到了国企改革是每一个员工都必须参与的大事。他极富英雄气概地说，这样大的改革，需要我们某些个人作出牺牲。话到这个份上，他很想天真地问书记，这个"我们"指的是谁。是不是书记已打算为了改革去牺牲自己，去做一个英雄？但他又觉得问这个问题是不是太刻毒了。这个傻瓜终于让书记明白其实他是一个多么不好对付的人。现在的局面已经是山穷水尽了。他们俩僵在那里，书记拿起茶杯喝水，改变一下他的坐姿，为这段空白添上动感内容。他明白，刚才那漫长的过程只是他的一个恶作剧而已。他最终还得展示他的聪明，他的识趣。再坚持下去就无趣。两个无趣的男人再不马上分开就很可耻了。只有他的妥协才能使书记获救。他听见书记这样恭维自己，你不像别人，别人下岗了难以就业，你有文凭，有专业，找个工作不成问题。现在他对"别人"这些人是谁已不感兴趣了。

他回到他的办公室，迅速打开窗户，他把头伸向窗外，他看见了车间的厂房，听见了从厂房里面传来振聋发聩的电机轰响，从车间里走出着蓝色工装的工人，三三两两。从现在开始，这里的一切对他来说将是一个极陌生的地方，它们不再是他的一部分，它们再也不需要他了。一种潮热的东西涌进他的眼眶，他从来没有像现在这样爱过这里，或者他从来都不知道他是爱着这里的。

办公桌上有一张科室同事的合影，从合影中看不出那惊涛骇浪般的战争痕迹。照片上，除了他，所有的人都笑得很灿烂。此时他真弄不明白为什么保留着这张照片。摄影机对准的肯定不是一帮印第安人，胶片上肯定没有留下他们的灵魂。它们在别处。照片上，他像是硬生生给塞进去的一样，仿佛一段优美的音乐中那刺耳的岔音。多么惹眼的别扭啊！就像他从来就不该属于这里。再看看办公室里的另外两位成员吧，姚小姐和饶小姐。她们都很美丽，美丽得使这个厂都显得黯淡。

姚小姐是团委书记，正科级，书记的人。饶小姐是工会干事，非常美丽，厂长的人。人们从这简短的介绍中就可感知这里边翻天覆地的阶级斗争。多么老套的故事结构。毫无新意，更缺少幽默感。这也许是现实主义的特色，容不得你去想像。这两个女人自始至终也没弄明白他竟没有爱上她们。尽管她们或许并不稀罕他去爱上她们，但出于对自己魅力的绝对自信，这件事似乎太不正常了。这简直就是变态！女人最犯贱的地方就在这里。她不该认为一个男人没有爱上她，那他就该是变态的。现在说到哪儿啦？爱情。爱情这东西怎么会是推理出来的呢？非此即彼，不怎么怎么样那一定就是怎么怎么样。

团委书记姚小姐身材细长，她总穿着深色尖领外翻着白色尖领的紧身衬衣，下面是有笔直裤骨的西裤。短发贴在脑后，她总是习惯性地用手指利索地拢几拢，颇有点希拉里·克林顿的味道。她的左腋总夹着黑色文件夹，她总是开会回来，总是忙着布置工作，或者定期做检查，填各类报表。她是忙碌的。嘴里总在抱怨着她的工作太多，她感到力不从心，仿佛这个厂是因为她的忙碌而得以存在似的。她喜欢让别人觉得她老是病着，并在这种感觉中向别人兜售她的优雅。他弄不明白那些当归精膏、六味地黄丸在她的体内发生着什么作用？这是个气弱血亏的女人吗？

她坐在他的对面。他碰巧能闻到来自她肌肤的气味。女孩子的气味。这时他总是很感动地抬头望着她。而她可能在打电话：赵主任吗？我们共青团的工作需要您支持呀，哎呀，没办法呀，还不是为了贯彻落实厂里边的文件精神，精神文明建设嘛，共青团的担子重啊，没问题，给你们车间评个奖吧，哈哈……小意思，那赞助的事就这么定了噢……或者是：情况属实吗？你们调查清楚了没有？我在会上不是反复传达过了吗？你们团干要脑勤、手勤、腿勤，道听途说主观臆断是不行的，最终是欺骗组织，造成不良影响……马上去，赶快把材料汇报上来……诸如此类，诸如此类。这绝对没有歪派她的意思。总之他再也没有闻到她身上的女孩子的气味了。这个物质是由什么构成的呢？她敞开的衣领呈"V"字型，往下，里面藏有柔软的乳房吗？要是他用他粉红的唇盖住了她的唇，她会不会呻吟？这真难以想像。他反复研究着这个物体，没有找到自己要硬起来的理由。这本身就是一个坚硬的物体。他有时观察一棵树，从阴影，气质以及相关环境中可以感觉这是一棵女性的树，尤其是起风的时候，枝条朝一个方向摆去像是在掩盖她秘密的私处，她那美妙的性器就藏在那里。而这位团委书记小姐她的身上似乎不存在那令人向往的私处。她像一个桔子一样有着完美闭合的曲线，而没有让男人们痛苦不已的地狱之门。坚硬的能指必然要进入所指装置。而他将滑过她对准的将是另一个所指。她无法让他痛苦。众所周知，她跟书记是那种关系。他无法想像书记趴在她身上抒情是个什么感觉。他猜想那乏味透顶，这个共青团组织多半让他品尝到一种体外活动。他能否进入她的身体，如何开启她那多半干燥、冰冷的地狱之门，把他身上那让他难耐的魔鬼塞进去，这真是一个谜。也许这从头到尾都是个误解，你根本无法从共青团组织那字正腔圆的官话中听出半点不庄重。也许她是个正宗的荡妇也未可知。所有的谎言就像真的一样。太多的时候，他的胡思乱想只是为了验证自己在某些问题上是否丧失立场，同时他又觉得他的立场是古怪的。但后来他又感到丧失立场与否根本就毫无意义。意义仅仅在于在一段空白时光中，他及时填充了内容。为所欲为只能在思维中得以实现，可以对太多的东西施暴。这并不是考虑到要获得乐趣，而是出于一种想像的习惯。比如说爱情是个什么东西，特别想操某个女人是不是就叫爱情，不想操她是不是就不是爱情。如果是，那爱情就是件挺实在的事。那干嘛非要叫它爱情，这东西听上去就像是这件事情表面的附丽，一个假象。其实这事儿不叫爱情的时候是遍地开花的，一叫了爱情就高处不胜寒起来，能及格的人太少。这不是他妈扯淡吗？弄得这么多人道德不及格，还隆重地包括了我们的书记和团委书记姚小姐。想起来了，他的自言自语的习惯大概就是在这时候养成的。这时，他的一只手无意间碰到了另一只手，他竟吓了一跳，当他晃过神来，现实在注视着他。

　　他平常在办公室里吃午饭。共青团组织有时在有时不在。而工会干事饶小姐总是串到别的科室去。他跟共青团组织都聊了些什么他不太记得。有一次，共青团组织要给他介绍女朋友。他答应了。她问："你要怎样的？"他回答说要漂亮性感的。"你们男人觉得女人漂亮性感才是最重要的吗？"他又回答她说是的。"你真俗气！"她鄙夷地说。"人有俗气的权利。"他很安静地回答了她。很明显，她如此能干，在他眼里，他竟视而不见，他仅仅只看女人的美貌和性感。这太可气了。她那高傲芳心显然受到了严重的伤害。这其中的潜台词还有：他肯定更喜欢姓饶的那妖精。然而，更让她不懂的是，上次竞争车间主任，他没有参与。他真的很喜欢办公室里那宁静的环境，他可以看看书，可以胡思乱想，可以安静地观察别人或是他自己，他时常闭上眼睛，做着深呼吸，或者干脆什么都不干，对，什么都不干。他喜欢这样。从现实的眼光来看，当车间主任肯定比做党委干事强，也许那才是男人干的事业，再说车间主任还有种种意想不到的好处。这不仅仅是搞点钱的问题。他听见她对隔壁的一位同事说，真是傻B一个，车间主任稳上的，还不要，正科级呀。唉，还是结束谈论关于这个物体的那点破事儿吧。越快越好。

坐在他身边的工会干事饶小姐是个很香的东西。几乎所有的人都认为她比团委书记蠢。他真不明白为什么人们总爱拿她与姚小姐比。比什么呢？可比性是什么？这完全是两种不同的物质。事实上，聪明的标准是什么呢？这是个不需要聪明的女人。她很不负责任地长着两个野气十足的乳房，霸道地辐射一种夺目的光芒。看来她已习惯了男人们的眼睛失态。而她的屁股是那样毫不客气地翘起，它时刻在暗示着男人。她身上散发的那种浓烈的气味让人觉得它们来自一种雌性激素。平常午睡的时候，她的鼻孔，微张的唇散出一种热气，一种雌性动物的热气。这气味总是不怀好意地冒犯了他。他由此总会想起一句话：你侵犯了我，如同尘埃侵犯了上帝。他是一个多么纯洁的人，比处女都纯洁。这样的侵犯他只能逃走。因为他感觉到这个女人有一种泥土气质。她肥美的肌肤在他看来正如肥沃的土壤，正散发的是一种腐烂的气息。甜腻、浓郁。他猜想她那地方肯定非常饱满，她身上那浓烈的气味多半发源于此，就像乡间弥漫着一种浓烈的田野气息一样。他觉得靠近她就像靠近土壤，确切地说是靠近死亡。一个人在靠近土壤的时候就会产生一种速疾还原土地的感觉。使自己升华到一种宁静和皈依。这样的感觉还会产生情欲吗？

共青团组织是不屑与这个傻B一般见识的。事实上，工会干事却并不怎么恨那共青团组织。饶小姐是个很简单的人。她几乎没有刻意去掩盖她与厂长的关系。更无心与共青团组织争夺分厂的皇后。在一次座谈会上，饶小姐当着厂长的面要书记给她倒杯水。她的理由极其简单：书记离开水器最近，举手之劳，她丝毫没有什么别的意思。但共青团组织却认为这是个政治举动，她仗着她老情人的面子，公然向书记叫板。也就是说这个傻B就更没把她放在眼里了。老天，他是什么时候开始揣摩这两个女人之间那点破事。竟如此精细入微。他真是堕落了。

饶小姐很会保养自己，她的抽屉里总是有桂圆、红枣、牛奶以及一些时令新鲜水果。而他总是感觉到这些东西进入她的身体会加浓那散发出来的腐烂气息。她由此更蠢了。更蠢的她扭过来的是一张娇妍的脸，正像胀满汁水的浆果，让人感觉到马上就要破了。这是一个饱受滋润的女人。她热衷于那让她感动不已的电视连续剧，它们牵动着她的每一根神经，还有每一个季节新上市的流行服装，她热衷于化妆品的那些乱七八糟的概念，她沉迷其间，并对食堂经常煮出那种无法美容的饭菜而娇娇地抱怨。工会的许多工作他包了一大半，因为她不会。她是感激他的。甚至她……她跟他讲了许多她与厂长的私事，她很讨厌他的粗野……他的酒臭。她说她喜欢文气一点的男人……她红着脸跟他说她给他打了一件毛衣……她有时候的表情竟让他想起另一个女人。这样想的时候，他迫不及待地想远离她。一种潜伏在内心的负担一下子推到他面前。他的心情坏透了。

他很想谈谈厂长这个人。他太了解他了。那是一个咋咋呼呼，喜欢吹牛的男人，他五短身材，喜欢喝酒，时常穿着后面开叉的西装，把头发打理得干干净净，跟他讲话，他时常拧起右眉，一副不信任人的神色。他本想举例说明他那可爱的性格——经常光火发脾气，过后又哈哈大笑。太多了，无从说起。他的五官似乎也极为抽象。他的感觉是厂长是一个厚实、不透明的黑影。他那浑厚的声音从黑影的内部发出来。每个星期四的下午两点半，阳光寂寂地照在空空的走廊上，六楼会议室里总在开会。他总是想着那件事情。此时那个黑影进入了肥沃的土壤。那片肥沃的土壤是不愿意那黑影进入的。它愿意他进入。他一直想着那黑影，一直跟着他。此时的黑影正处于黑暗中，在黑暗中艰难跋涉并正向着光明努力，他看见他在出汗，渐渐地他到达了褐红，这临界的一个陡坡，他快失控了，进而在一瞬间他向着橙黄矫健一跃，哈！他灵光出游的晴朗、明亮，以及松弛和那痉挛般的瘫软，一切都寂静下来。他从头到尾都伴随着那黑影，仿佛附在他身上，帮他使劲，与他共同走向光明。他觉得他的脚轻飘飘的。有明显的眩晕感。他从六楼下来回到自己的办公室。门轻掩着，她通常仰起脸问他会开完了，他点点头。用鼻子使劲闻着，他看了看工会干事，他想闻到可疑的气味。他明明看见那红褐色的流体顺着白色的空白在往下流淌……一定是谁出了什么问题，一定是谁出了什么问题。黑影在哪儿？他为他关注这件事而难过。他一直为这事难过。谁也帮不了他，她不能。尽管她曾暗示过他。他通向她的道路一直是畅通的。他为无法摆脱自己的弱点而难过。

他躺在宿舍的床上，仍被这个问题折磨。他身体的那个部位又不舒服起来。他摸着它，它是灼热的。它极为唐突地醒着，像一朵怒放的红花。他想死掉，免得受尽折磨。他握着那个东西，就像握着自己。这时他的脑海里又出现了一个小女人的形象。他感到罪恶深重、屈辱、懊恼。他陷入了这种漫无边际的海洋中，他在其中沉浮，一个浪头又一个浪头地上来了，最后他进入了极乐的天堂。之后，他打开床头灯，点了支烟，多少次，他想给她打手机，但是最后一个号码他就摁不下去了。叫她过来，能干什么呢，还能干什么呢？他打开抽屉，拿出一封信。这是她写给他的。她爱他。他深信不疑。信上那满纸稚嫩的语言抖落在他那光线不太好的宿舍。往事就像潮水一样涌来了。他想起她鹌鹑一样娇小的身体，鹌鹑一样恬静的表情，苍白的脸那肃穆的味道。他记得她第一次来这里过夜。她脱了衣服，他看见了她莲花般的乳房，很可爱很害羞的黑嘴巴，这两样东西看上去是那样有灵性，仿佛他一碰，它们就会有很欢快的回应。她上了床，安静地等着他。她睁着眼睛，就好像准备好了来面对命运降临的一切。她是虔诚的。他的那句"你走吧"的话哽在喉管里，他看着她的身体，感觉到她的美丽是那样与自己无关，她的肉体是木质的或者是坚硬的矿物质，或者是别的什么都无所谓。接下去他要对她做的事该如何进行？此时谁能救他。他和她谁更无辜？他没有受到任何暗示，他局促在那里，被绝望浸透。他从来就活在一个洞穴里，并不愿意进入这现实的洞穴，她会怀孕的，他要为她负责，他将娶她，跟她一起生活，就像人们的生活那样。不，他不愿发生这个动作，这个动作将影响深远，他不想为生命增加什么。他将为此负累。他看着她，目光散乱，他默默地躺在她身边直到天明。第二天早晨，她对他说：你为什么要做人呢？他望着这个美丽的东西木木地说你识破了我的一切。这声音像是从一个说话机器传出来的。"你放心吧，我不会对你要求什么的。"她说着向他靠拢，她开始吻他，并用双手环住他。她紧贴着他在他耳边说："我做你情人吧，来吧。"她向他暗示着他的去处就在她那里。他干了，进入了她的身体，他吻着她，傻傻地看着她的瞳孔，他要在里面找到自己。那句"我要娶你做老婆"的话哽在喉管里，始终没能说出来。但是一种潜在的负罪感还是很隐秘地留下了。那时唐筑和他女友常到他的宿舍来玩。唐筑和他的女友分手的时候他非常清楚。那天，那女孩子独自一人来宿舍找他，告诉他唐筑和她分手了。他记得她哭着说：他不能这样，我还为他打过孩子的，他不该这样对我……想起来，唐筑做的这些事，对他来说是多么艰难。他很快就提出与她分手，他悄悄地塞给她 5000 元钱，尽管他觉得龌龊，实在想不出其它什么办法了。

他打开抽屉看着那些诗，那些诗正在拆除他最后的那点结构。什么结构呢，就是他所谓活着的人的东西。一点一点地拆除，直到他的生活化为零。他什么都不要，让所有想要的人都称心如意吧。不想与人争什么，他拱手相让了。看看自己吧，下岗了，他该不该为此去担点心？可以当车间主任的，如果有小罗先生的那种干劲说不定将来还能当处长，可以骗到美丽性感的团委书记和工会干事，可以娶到娴静温柔的她，一切可以多么美好，他误入什么歧途了？他到底要怎样活？到底什么能救他？他多想在胡思乱想中死去，然后烂掉，然后灰飞烟灭。

唐筑曾要他到报纸上去。他总认为他是个有才华的人。而他觉得好笑。才华是什么东西？与活着是否舒适有联系吗？他的这个想法在唐筑看来肯定非常可笑。他跟唐筑对好笑的看法是不一样的。现在的问题是，他将进入另一个生存环境，同样的境遇会再次出现，他将如何选择？像唐筑那样吗？这太难了。他终于弄明白，他与唐筑的联系仅仅是因为他从唐筑那可以看见自己。时间是他永远的敌人。水龙头没关好，滴水的声音点点滴在他的心上。让他感到自己孤独硕大无朋。隔壁的小罗先生和他的女友朝着美好的未来、幸福的明天沉沉睡去了。

他又走在这条街上。好多次了。他想到一个洞穴中去，并在那里遭遇自己。他带他去他该去的地方，找到那把钥匙。他的那个部位是那样不舒服，它那么沉重，它把他涨大了。他想哭。他又一次进去了，他多么不愿意。他扑在那女人身上将自己塞进去。它的使命多么复杂啊，他喘息，出汗，在一片黑暗、混沌的海洋中沉浮，他找不到岸。他跟他说他该如何结束，他该如何结束……痛苦的风暴再次席卷过来，此时他真愿意死去。

他抽回疲软的自己，将钱扔在那女人身上。一种羞耻感油然而生。太丑陋了，近乎无耻。这简直是一记耳光。他永远也不愿意记起这件事。他离开了那个洞穴，那个他不认识但与他如此亲密过的一个女人。是的，他曾经与她在一段时间内是合二为一的一个人哪！但是他不认识她，她也不会有与他相同的感受。他突然想起了她，那个肃穆表情的小鹌鹑，怎么会想起她呢？不不，这不是因为爱情，不是，他极力地否定。此时，他多么不愿意去面对他的内心。

这条街长得他走也走不完。他的心里空荡荡的，他继续被涨大，像被吹开的牛皮，在晃动着。他找不到那把钥匙，他决定明天不再来到这里。那他去哪儿，他一时没想好。他有太多的东西没想好。但他决定结束这样的晃动。"要么去死！"他这样恨恨地说。

　　手机又响了，是唐筑打来的，他没有接并摁掉了它。他本想告诉他根本就没有那钥匙。但是他还是没有开口。他觉得无须向任何人倾诉，也不需要听众。但是现在，他决定结束这样的晃动，现在。

1999. 10

第四辑
暗处行走的水

暗处行走的水

"兰波，庞德……他们都是由秉性非凡的女人调教出来的。"我总在想，这样的女人，这些咯咯笑的精灵，这些称男人都是孩子的姐姐，这些水妖一样喊着她们的孩子和男人的女人，是那样呼之欲出：多么美好。当我们称她们为母亲，我们就会感受到大海。母亲影响着一个人的童年，一个人的性格和气质。对母亲的感觉和疑惑，我素来被一种巫气笼罩，缘于对子宫的迷幻，还有生殖和轮回。我跟父亲一样，是母亲的偷窥者。

"你不要这样看着我，你跟你的父亲一样，让人受不了！"她对我摆出一副厌恶的表情。我看见她躺在长椅上休憩，刚刚喝完了牛奶，唇角还沾着白色的奶痕，她的小脚，勾着就要掉落的拖鞋。慵懒而漫不经心。她是舒展的，完全放松。她的躯干娇小，稍微的丰腴。此时她可爱的小脑袋不再转动。她总是喜欢摆出一副厌恶的表情。到底是什么让她如此厌恶，谁也不知道。此时，我的母亲，在一个十三岁的少女的眼里，在一个极其平常的傍晚，她狐媚，性感，像头绝妙的母兽。同时，她又让我觉得是那样有距离感。

而我，刚刚读完这样的句子：暮色弥漫着薰衣草的气味，绿衣邮差匆匆送来一个晚到的坏消息，摄影师的情人刚刚收拢她金黄的腿……紧接着便是——躺在长椅上休憩的母亲，像头绝妙的母兽——

你是个无可救药的坏孩子，母亲曾这样说。这个结论是缘于一种难以言说的敏感。对于母亲来说，我的秘密太多了，我是如何处理第一次的例假，我到底了解女人多少？了解男人多少？为什么我不让她碰我的内衣？为什么我不让她看到我的身体——我从不跟她一起去澡堂子。而所有这些，母亲她知道，她的女儿如果真的跟她一起沟通关于女人的所有秘密真相之后，那我该有多么难为情，让女儿了解了作为一个母亲的所有真相，这也让母亲难为情。即便是与母亲面对面，我们也不愿意赤裸裸地面对那个真相。当我们对视时，我们在瞬间就会达成一种可怕的默契，我们彼此了解。我们隔阂着，但又紧密联系在一起，像暗处行走的水。面子上我们彼此敏感，客气。

还有谁比我更了解母亲，或者反过来。她是小镇医院的护士。受过很好的教育，年轻时爱看法国文学。而我的父亲严格来说是个农民。那几年日子不太宽裕时候，我的母亲仍然每年冬天要吃红参，她说是补血养颜的，有时医院没有卖的，她就托人到外地去买。任何一季的流行风，母亲都是要追的。在那样一个小镇里，当时讲究所谓浪漫的人并不多，而我们家按照母亲的意愿，每个人的生日都必须要搞一个像模像样的晚宴。她都备有礼物。我的同学中，有好多人是根本不过什么生日的。忘记是常事。在医院她是口碑极好的护士，声音轻得像春天的风一样，对待所有的病人都细致入微。左邻右舍的说她能干又好心肠，舍得帮人。她满足于别人对她赞美的虚荣中。她常皱着眉埋怨父亲不懂营养搭配饮食，不爱讲究个人卫生，不讲究仪表……我就这样慢慢地长大，我理解了一个女人她的一生的那点烦人的情趣，现在我们叫它小资。从骨子里，我对此不屑，即便我从未表露，但母亲是知道的，她咬着牙横我一眼说，哼！跟你的父亲一个样！

其实那时的我，已在读张爱玲。按理，对母亲的虚荣是不该有这种不屑情绪的。我应该相当认可才对。至于为什么会对母亲这样，现在想来，我才明白我跟母亲都是自恋的人，只认可自己的，别人，甚至包括母亲，我都会抱以不屑。唉！真是的！

好像隐隐约约地听说医院的几个院长主任什么的爱慕我的母亲，哦，不，说是我母亲跟谁谁好上了。我是不信的。从来不信。理由是母亲看不上他们之中的任何一个人。那几个所谓儒雅的院长和主任们，我是见过的。各个方面，还是举出来吧，地位啦，学识啦，气质啦，还有好多好多，比我那老土的父亲强多了吧？是强多了。可我坚信，母亲看不上他们之中的任何一个。至于为什么，我能意会，不能言传。

我跟母亲对视的时候，她看穿了我的一切。她对我的那种理解没有丝毫感激——我相信母亲是清白的。

"你坐过来！"她跟我说，"再坐过来一点，让我来告诉你！"

"你是我的女儿，难道你没看出你的父亲比他们中的任何一个都有文化味吗？"

此言一出，我立即明白了，这就是我能理解但没法说出来的那个东西，文化味，延展开，应该还有男人味。在母亲的眼里，一个农民到底有什么样的文化味呢？我不想问母亲，那是她跟父亲的默契。他们最隐秘的欢乐。现在想来，所谓的埋怨父亲不懂营养搭配、不讲卫生，不注重仪表，这些简直就是可耻的调情！只是我那时不懂。

多少年来，母亲总是说我像父亲，什么都像，其实我更像她。我秉承她的东西要比父亲多得多，她知道的，但她就是从来不这样说。我们敏感、虚荣、风骚、自恋、贪图享受……当然，优点嘛，我跟她一样，是不愿去说的——也许没有！我们隔阂着，但又紧密相连，像暗处行走的水。

2003. 5

爱着你的苦难

他在流鼻血。但他看着我。他那苍白、虚弱的外表下有一种清澈如水的东西。我了解他的骨头，他的肠子，还有他的脏器。它们一样的清澈如水。我甚至看见了他河水一样的命运，薄薄的。现在他，我的弟弟，他在我面前抽泣，一个肉身隐退的干净的魂灵在抽泣。

我打了他一耳光。他流鼻血了。我再一次遭遇到另一个自己，我的虚弱，还有跟他一样单薄、河水一样的命运。跟任何一次一样，我会跑过去抱着他哭。他的血滴落在我的脸上。我哭着嚷：你这个没用的东西呀！

面对这样的弟弟，我会无端地悲悯，悲悯我们活着，要受那么多的苦。我总是想起我跟他一起放的那头小牛，听话、懂事，睁着大眼睛，满是泪水。

他是贴着我长大的。那该是一个什么样的姐姐呢？健康、野性、有力气。笑声能吓跑阁楼顶的鸽子。他每晚贴着她睡，蜷伏在她的左侧，无声无息像只猫。她了解他身上的一切，皮肉、骨头、毛发、脏器，包括他那蜷着的生殖器。这些她都触手可及。她唱歌的时候，他用他的大眼睛看着她，无神的，那时，他被她带走。

这样的烦人精、跟屁虫是让我无可奈何的。除了他，谁也没办法让我流泪。去学校读书，他会尾随你出来。有一回，我走得好远了，眼看天就要下大雨，跑到学校也得二十分钟。我就小跑起来，忽然就听见后面有人哭着喊我。他跟来了。

你回去！快回去！天下雨了。我对他招手。

他瘪着嘴哭。向我一路奔跑过来，他那么瘦弱，在喘气。我了解这瘪嘴的哭法。雨很快就落下来，我站在那里等他，他拢来了，就扑到我跟前，抱着我的腰，仰着脸看着我。我一言不发地把他背在背上，冒着大雨，往学校疯跑，一路泪流满面。

打他，他承受一切。也不怨你。

我们是不能对视的，不，我不能注视他。那些个有月亮的夜晚，月光安静地泻在庭院的扁豆架上，泻在天台的水井沿上。（不，这不是在抒情！）他坐在石磨上吃我给他煎的鸡蛋，他的脸勾得很低，几乎贴着碗。我就站在他背后，他穿着白衬衣，身子是弓的，他那孱弱的样子，嵌在苍白的月光下。嵌在我心里，生疼生疼的。他吃着我给他煎的鸡蛋。

我所感知的，是月光照彻着他的苦难。这样的苦难也是我的，普遍的，默默地不为人知。我又想起他帮一个瓜农捡瓜的样子。那是一个卖西瓜的老人来到村子，一帮顽劣的野孩子抢了老人的瓜，踢翻了他的担子，瓜破了，滚了，哄抢后就作鸟兽散。我的弟弟留下了，他默默地躬身给那老人捡瓜，拾好他的担子。他那样子，虚弱、苍白。跟月光下坐在石磨上吃鸡蛋时一模一样。

我无法解释这种认同，这是两件毫无关联的事。但却给我同样的感受，我再一次看见了……

高中毕业后说是要去学开车。我在武汉闻讯后赶回来制止。他就用他那双大眼睛注视着我，没有滴落的泪水噙在眼眶打转。他开口跟我说话，他的声音浑着胸腔的轰鸣。我的少年长大了，我不能支配他。

多年后，我南下广州，在熙熙攘攘的人群中，我能准确地闻到某一类人，他们瘦弱、苍白，平民的表情中透着一种清澈如水的东西。他们有时看着你，让你觉得你永远无法伤害到他。他们就像是一个巨大的容器，他们承受一切。他们勾着头吃着快餐，背着大黑包跑着业务，干着皮肉不轻松的差。我想起尼采，他抱着一头生病的老马放声大哭：我的受苦受难的兄弟呀！我不知道，在安静的夜晚，是否有人会细致地抚摸他们平躺的肉身和魂灵。

他把女朋友带到我面前。这是个眉眼很顺的女孩子。她贴着他，一言不发。他看着她，眼里是一种我极其陌生的东西，我想那叫做爱情。我的少年长大了，他知道爱一个女人了，他知道做爱吗？我真不明白。他再也不用贴着我睡了，现在她贴着他。她能像我一样了解他的一切吗？他的骨头、他的肠子、还有他的脏器。看着他的背影，她会不会像我一样泪流满面？他会跟她结婚，就像所有的人那样，还会生出孩子。为什么我惹不住悲伤？一旦深入他生命的细部，哪怕是件平常的事，我都要伤心、难过。我再一次抚摸到了那苦难。

我开始想着他的成长，林林总总，我想到他的将来，完全可以预料的，像规律一样可怕。我再一次想起他的背影，看见他河水一样的命运。我注视着他，上帝注视着我。我不知它是否会流泪。

母亲打电话过来向我哭诉，你弟弟开车很辛苦，一个星期前给人拖了批货去安徽，前天去跟人家要运费，那人不给就算了，还叫人打了他，他被打倒在地上，那些人用脚踢他的肚子……他今天还要出车，我叫他休息，他不肯……

我想起多年前打他的情景，他承受一切，默默无语。我哭着抱住他：你这个没用的东西！第二天，他什么都忘了，就像什么事都没发生一样。

办公室的门突然开了，闯进来一个瘦弱、苍白的年轻人。他喘着气，睁着大眼睛看着我。黄总监，我……

他跟我说，他是一家印刷厂的业务员。一个半月前接了我公司的一笔单，到现在还没收到钱，财务的小姐说，那笔钱没有拨下来，叫他等着，他等了一个多月了。每次他来，财务室的几个小姐理都不理，只顾在那儿说笑，今天忍不住了，才闯到我的办公室。

怒火一下子涌向了太阳穴，但我忍住了，我不能在这个年轻人面前失态。这笔钱我早拨下去了。听听我的财务小姐的解释吧：谁叫他那么木，收这种钱哪有那么容易？规矩都不懂，你说，给我们办公室的几个小姐买点小礼物会穷死他吗？我听不下去了，不顾一切地喝住了她，真想，真想扇她一耳光，他妈的！

这是规矩。我的弟弟，他是不是也没弄懂什么规矩？

母亲说，你弟弟第二天就要出车。

我看见，那样的一些人，我能闻到他们的气味。他们走着，或者站立，他们三三两两，在城市，在村庄，在各个角落。他们瘦弱、苍白，用一双大眼睛看人，清澈如水，他们看不见苦难，他们没有恨。他们退避着它，默默无语。我突然觉得这就是力量，日复一日，年复一年，这样的力量没有消弭，它只是永久地持续。我们讲的所谓的道理或者意义就在其中。真正懂的人其实什么都不知道，什么都不会去想。我看见我也身在其中，被带动飞快地旋转起来，我与他们相同，却又不同。我看见了他们身上的苦难，并因此深深地爱他们。注视着他们，我会泪流满面。

2004.6

游　　戏

　　我知道那游戏的规则。把一个孩子的双眼用手帕蒙住，在后脑勺系上一个活扣，要系紧。她微张着嘴开始焦急地喊，好了吗，好了吗，回答她的是，没有，还没有，到最后，一个长长的尾音……它渐行渐远，好了——

　　周围一下子安静下来，他们把安静丢给她，这样的安静让人意识到这世界只剩下一个自己。她解开手帕，他们都隐藏在某一个地方，一个想方设法让她找不着的地方。她得把他们一个个地找出来，第一个被找到的那个孩子，就是下一轮游戏的找寻者。

　　那个时候，总是黄昏。游戏会在没有完结的时候散掉，暮色中，总是会依稀听到微弱的童音在喊姐姐回家吃饭。那声音在暮色中穿行——岁月已这么久远了，童年，这孤独忧伤的词根。

　　这带着不祥、阴郁气息的游戏，这暗示着死亡气息的游戏，竟会流传到现在。我从来都认为它是一个隐喻。当双眼被蒙住，你要找的对象都怀揣着让你永远找不着的意愿。胜利属于不被找到者。他的智慧就是为你的找寻置障。没有找着，消失就变成了真相。这不是谜，也不是谎言。它像极了人的一生，那样的找寻是让人悲伤的轨迹，心里是绝对清楚的，那个人，永远都找不到了。灵验，它从来都是魔性而非神性的。它一定会跟我们的命运有隐秘的关联。而此刻，我的孩子，她刚才趴在我膝头，让我给她画大海。可现在她缠着我要给她玩捉迷藏的游戏。我跟她说，这个游戏不好玩，不要玩了。可是她一定要我跟她玩。

她把她的小纱巾蒙在我的双眼上。但她没有力气系紧。她打了个死结。她在我耳边轻轻地说，不许偷看。我微张着嘴，微笑着说，好了吗好了吗，远处传来一个长长的声音——好了——

我的孩子，她不知道，我可以从声音判断出她的方位。魔鬼总是这样找到天使的，凭着声音或者气味。

她跑到楼上去了，并躲在我的书柜里。我站在书柜边，并没有立即打开它。我们对峙了几秒钟。但是我的孩子，她忍不住格格地笑起来，我打开书柜，迎面扑来淡淡的陈年樟木的清香，我的孩子，她雪绒花一样扑到我怀里。

再来再来，我一定要藏到一个你永远找不着的地方去。

我一下子捂住了她的嘴，这句话太可怕了。我告诉她，我非常地不喜欢这个游戏。以后永远也不让她去玩这个游戏。她的眼睛像极了我的，这是我长期凝视它的结果。

游戏还在继续。

还是一个黄昏。她看见那个男孩的眼睛被手帕蒙住，他是大伯父的小儿子，她最小的哥哥。那男孩仰着脸问，好了吗好了吗，后来，她听见远处传来一个长长的尾音——好了——小哥哥就要摘掉手帕了，可是她并没有想好往哪里躲藏。是家族式的大房子，大伯二伯父亲都住在一起。两个弄堂连着三户。她急急地往大伯父家里的里间跑，她一直跑，啪啪啪，脆响而慌乱的脚步声一下下丢在长长的弄堂里。她跑到一个小小的房间，那里很暗，半开的木门，那样半开着，仿佛时间一直就停在那里。她知道，里面放着太祖母的棺木。

这是一具气派的棺木，暗红的漆，边沿都雕了花样。她记得小脚的太祖母曾带她来过这里，指着那上面的花样跟她说，这叫牡丹，这叫凤凰。然后她摸着它对她的曾孙女说，有一天，她会睡到这里面去，她要藏起来，谁也找不到她了。曾孙女说，太祖母，你不见了，我就到这里来找。太祖母说，人要是睡在这里面，谁也找不着了。

这间小屋，在谷仓的旁边，平常少有人来。但是，我分明感到，大哥哥，大姐姐，小哥哥他们很害怕这间小屋，说是有鬼。多年之后，我才感受到，棺木，这东西天生就有一种阴森的气质，像潜藏着一个能吸走人魂魄的怪物，它，具有不可预知的邪恶力量和攻击性。对，从那可怕的匣子里冒出来的。

但是她不怕它，那是最疼她的太祖母想要睡进去的东西。她想睡进去，这样，她的小哥哥就再也找不到她了。她使劲地推着棺盖，想要睡进去，她似乎听见了小哥哥闻声找过来的脚步声，棺盖终于被移开了一个口子，她跨进去，躺下来，太祖母说了，睡进去，就没有人能够找到她。

她等了很久，最后竟然睡着了。她全然不知道家里人找她都找疯了。最后，是太祖母领着母亲来这里找到了她，因为明显发现棺盖被移开了。她被母亲叫醒并拉了起来，第一句话就是，太祖母，你怎么会找到我的呢，我以为你们永远也找不到我的呢。

妈妈一下子捂住了她的嘴：我的小亲亲，以后千万别跟妈妈玩这样的游戏，妈妈会疯掉的。多年之后，我的孩子也跟我说了类似的话。我同样捂住了孩子的嘴。看过一部名叫《致命罗密欧》的电影，李连杰主演的，里面有个类似的情节，漂亮性感的黑人女主角在她的哥哥被杀后，跟李连杰讲起了这么个游戏，说哥哥在小的时候跟家里人玩过一场消失的游戏，当时就吓坏了她的妈妈。而我和母亲，也迅速地捂住了孩子的嘴，我跟她，害怕着什么呢，那个东西，我们是那样地害怕说出它。

但是游戏一直在继续。

她一直是给太祖母暖脚的。在冬夜。太祖母独独要了个曾孙女暖脚，虽然她有两个跟我年龄相仿的曾孙。比如小哥哥。太祖母跟她说，我的伢一上床，床就火一样热了。只有她才是太祖母的"我的伢"，她说她的样子最像她了。她活得比祖母还要久。

后来我无意从母亲那发现一张我小时的照片，黑白的，我大概五岁。现在，我以成年人的眼光去看这张泛黄的黑白照。很亮的黑眼睛，瞳孔微微张开，一丝忧伤或者天真的欢喜稍纵即逝，而尽在嘴角收拢。很小的孩子，孤独忧伤的表情。我大体上可以知道，这大概是太祖母喜欢我的原因了。小小年纪就在我们家做童养媳的太祖母，应该也是这样的表情吧。这张照片让我确信，一个女人的气质和命运，在她的童年就被确立了。

"人要是睡在这里面，谁也找不着了。"我记起太祖母在棺木前跟我说的这句话。这样阴气逼人的话透着对死亡的超脱感，游戏，从来都有残忍的味道。对太祖母的记忆太久远了，就跟她的雕着富贵花样的木棺、银簪、佛珠、绛色的闪光绸大褂、她的小脚、她的纸牌，她精心喂养的老母鸡以及她的，有着忧伤表情的眼睛和嘴角的曾孙女，这些，都跟那黑白照片一样，在记忆深处泛黄了。可我依然觉得，这些物件的气味一直伴我至今。她一定让我沿袭了她的什么东西，既隐秘又明亮，既古老又无从逃离———我还不能准确地说出它，关于女人的一生……那最华丽而忧伤的部分。以太祖母说的那样，我的伢是个没福的。

太祖母在一个冬天的早晨就再也没起来了。那时被窝依然很暖。她轻轻地喊太祖母：婆，婆。可是没有回应，她看见太祖母的脸像张白纸一样，冰凉冰凉的。她还不知道死亡是何物，还不知道畏惧和伤痛，不知道为此应该流下眼泪。太祖母——只是藏起来了。是一个真正的游戏。我如何能理解太祖母留在我身上的是关于女人的最初的，也是最后的悲悯。来了初潮就跟了男人，接着是落红，接着是受孕、分娩。接着，她不能爱她所爱的，结局是太祖父一生都不爱她。那么多的忍受，那么多的泪水。而她活了那么久，九十三岁，她的一生。

她看着我的眼睛，跟我说，我的伢，是个没福的。

她看到了巨大的悲痛场面，极尽铺陈的热闹。这游戏的背后。她看到太祖母穿着黑色的素衣，被伯父们抬进了那暗红的棺木，盛大而庄严。太祖母说，再也没有人能找到她了。

多年后，在一场车祸中，她失去了她的小哥哥。如果说太祖母的死是一场游戏，当我回想的时候，不论在当时还是现在，我都没有失去亲人的切肤的悲痛，相反我还带有一种主观的浪漫主义色彩，非常唯美。而小哥哥的，则像是一场游戏。死亡，像一个障眼法，像一个假象，把一个人藏起来了。很多年过去了，我都难以接受小哥哥死去的真相。伤痛，在身体的一个部位，炽炽地割着。就像多年前的游戏，他像一个智者，躲藏起来了，不让他的妹妹找着。那个跟他有着相同的童年，相同的成长背景的妹妹，他们一起读书，一起逃学去市里看电影《霹雳舞》，一起穿牛仔裤跳摇摆舞，一起喜欢罗大佑和诗歌，一起烫着爆炸头，一起在学校谈恋爱……一样的忧伤和骚动的青春，我们分享着秘密，包括鼓励对方越轨的野心。如果不是兄妹，我们一定相爱。

但是小哥哥就这样突然藏起来了。在我们鼻息相闻的日子中，有人从我身上抽走了一样东西。他再也不会跟男生介绍说，这是我妹。他再也不会跟我说，你太傻了，谈恋爱别把整个人陷进去。他再也……他藏起来了，我再也找不到。他多么希望我幸福和快乐。他知道，我是一定会误终生的。

他也被几个兄长抬着进了那黑色的棺木，我第一次对棺木有了恐惧感，这次它装走了一个活人。盖棺的瞬间，我依然觉得有游戏的成分，一种被骗的屈辱感。

乡村的年是有年味的，光是祭祖一宗就把年味道推向庄严肃穆的气质。祭祖的队伍浩浩荡荡，向山上开进，我抱着我的孩子，她不让抱，挣脱下来，一蹦一跳跟着大人跑，我喊着，别摔倒了，她回过脸来，眼睛又黑又亮，甜甜的瞳，稍纵即逝的忧伤，嘴角正要收拢，我心里隐隐地不安，这样的不安，我不能说出。到了家族的坟地，我跟她说，这是你太太祖母，这是你的小叔叔，磕头吧。她伏身下去，一个单薄的小身体，一种难以抑制的忧伤突如其来：对她而言，我也是要藏起来的。

2006. 2

我一直怜悯地注视着他，直到眼眶贮满泪水……

父亲一直忌妒我。绝非善意的那一种。

这里面有一个结，对于年轻时的壮志未酬（历史原因）父亲一直耿耿于怀。当然他最终会死于对岁月的无可奈何和自己永不熄灭的激情所带来的狂躁。他会在暴跳如雷和大声的诅咒中死去。"别冲，老子年轻时比你强多了！"他恶狠狠地对我说！

我总是怜悯地注视着他。直到眼眶贮满泪水。一个对自己永不妥协的人是那样让别人难受。

当我到了不再认为父亲什么都对的年纪时，我跟父亲的争斗拉开了帷幕。狭隘到只为争一口气，具体到细枝末节。我们总是在怒气冲冲中不欢而散。直到后来，我的学习他从不管，取得再好的成绩那都是不足为奇的。按他的话说：这算什么！一次上高中开家长会，实际上以我的成绩和在班上的地位真是给他长脸。但我的父亲慢慢地，越说越激动，最后竟当着老师和全班家长的面把我鄙得一钱不值。说我完全只是小聪明，完全是小人得志，其实其蠢无比，没有他一半聪明。他唾沫横飞，全场一片寂静。面对这样恐怖的事件，我没有哭，我知道父亲在胡闹，他失控了。我不该拿成绩去刺激他，让他再次面对他自己，和他无法挽回的青春岁月以及上天给我们这一代的狗屎运。我的性格中没有居功的特性，因为从来没有这样的土壤。

我的小人得志让父亲恨得咬牙切齿。我的光环让父亲痛苦，当了记者（注：我们生活的那一边天就出我这么一个记者），发表了那多文章，赚了那多钱，全是狗屁！可怜的父亲从来没有为我高兴过，他总是用我的成绩去折磨自己。我是他的另一个镜像，是他的噩梦。我一直怜悯地注视着他，直到眼眶贮满泪水，直到他慢慢衰老。我想我坚强古怪的性格跟父亲有关。

工作后，由于我又走了狗屎运，终于从工人的操作岗位坐进了党委宽敞的办公室，当起了党委宣传干事的差。当然他是从别人口里得知这一切的。但父亲知道后从没有向我提及，有一次下象棋我们发生激烈的口角，那是因为我想悔一步棋，他极力不准，我一时火起，把摊子操了。父亲跳起来突然说，他要到我们厂去告我，说我不孝，太混蛋，这样的人怎么能做党委宣传干事？厂长真是他妈的瞎了眼，老天也是他妈的瞎了眼。我怔住了，这太可怕了，万一他要闹，不是让人看了笑话吗？天底下哪有这样的事？太荒唐了。我只好哑了，让他逞嘴巴快感个够！同时，我再一次刺痛了父亲。

接着我做了记者。父亲很快就知道了，他沉默着。而我在家住得少了，回来只是跟全家吃个饭，从不谈工作。家里的人也从不谈这些，这是父亲的痛。从那以后家里就笼罩着这种阴沉的气氛，父亲是一触即发的。我生怕说错了一句话。我们吃完，父亲独自坐在那里，很孤独。有人拿着一张报纸指着一篇文章给父亲看，说，这是你姑娘写的，写得真好。父亲一把夺过报纸，恼怒地揉成团然后撕碎：什么狗屁！全是狗屁！当母亲跟我说这些的时候，我的眼泪就来了。谁也拯救不了我的父亲。

后来我一个人去了广州。并为弟弟和弟媳在广东找到了工作。应该说我是成功的，但我很少往家里打电话，打了往往也是母亲接的。母亲说你爸爸有高血压，还喝高度数酒，脾气还是很坏，前几天跟你大伯父争了几句，他说人家养的孩子没出息，我的姑娘是记者，在广州拿六千块钱一个月……我的眼泪又来了。

我的父亲是个极其聪明的人，打得一手漂亮的算盘，能写一手漂亮的毛笔字和钢笔字，有文采，有一副迷人的男中音的嗓子，是个充满激情的人。在他的同龄人中，绝对是佼佼者。但他一生不得志，跟历史有关，也跟他张扬的个性有关。我想起我总是怜悯地看着他，直到眼眶贮满泪水，一直到他衰老。有些话他永远不会亲口对我说，他也不会承认，他是那么爱我，比不爱我更甚。

2003.5

饺子，饺子

　　因为时间过得太慢了。洗完衣服，拖完地板，还只是下午三点。很静谧时刻，风把阳台上的衣服吹得一摆一摆，对面阳台上有一桌牌，四个老太太在打。本地人，说着谁也听不懂的方言，我只看到哑笑和迟钝的手势。时光，像主妇蜂窝煤上慢慢炖煨着老牛排骨，香气轻舔着那些漫不经心的下午，走廊里，过往的人不时传来拖鞋清脆的啪嗒声，一下，两下，直到尽头。

　　我应该记得这样的时刻得做点什么，这突如其来的温柔。把脚洗干净，放下长发，盘着腿，坐在茶几跟前。喝茶，看书，打毛衣，钉扣子，或者写点什么。但是不，我很想包饺子。很想玩一下面粉团，揉搓面粉团。那一定是快活的，很顽皮的一个意念，我的身子一下子灵巧起来。

　　我实在是一个非常懂得包饺子的人。和面，拌馅，擀皮，包，煮，调料。我真是喜欢一个人去完成它，安静地做着这一切。专心致志，旁若无人。

　　市场上有现成的饺子皮卖，这个皮子一律是放了精粉的，为的是不让每一片都粘在一起。加了精粉的皮子，半透明状，光滑细腻，是机子打出来的，厚薄均匀，十分的好看。可吃起来口感却是疲软得很，不够劲道有力，还有啊，煮的时候容易破，啊，还会松散开来，馅子团自己跑出来啦。我要自己和面的，面要和得稍硬一些是再好不过了。它能捏出饺子硬朗的边角，瓷实的质感，挺刮而轩昂的气质。那一排的摺，松手处，会有清晰的指纹。我跪在地板上，在茶几上揉它，很是要点力气。十分钟，背上微微地出汗，很舒服。面饼终于光洁起来，细腻，致密，很乖的样子。

一直是喜欢韭菜馅的。这是最普通的馅吧，看来看去，还只是它最好了。大白菜的，它特别爱出水，弄得湿湿的，让人尴尬，心情也变坏。大葱的，煮熟后，汤有股刺鼻的味道，很冲。芹菜的，荠菜的，我都做过，它们有淡淡的清香，特别是荠菜的，有股子好闻的野菜的香味，但这东西却是难得见到的，这样一个冬天，在异地，我如何能弄到这罕物？

调馅子，我不爱花里胡哨。就盐和一个蛋清。用手和着韭菜段子把肉沫抓匀了，再用舌头舔一下，太咸了恐怕不好，就害了鲜味。蛋清能保证煮熟的馅吃起来鲜嫩，是煮不老的。哦，说一下肉沫，我没有砧板，肉是在市场绞肉机绞的。这不太好的，肉绞得太碎，是个糊的，吃起来没有口感，如果亲手斩碎，最好略斩粗些，弄得糊一样细，馅子就没有质感，那种手工的，砂粒般天然的质感。我记得炒苞菜，手撕的叶片子，跟刀切的片子，炒熟后味道会很不一样，饺子馅也一样，手斩的肉末，味道会好很多。

我不知道这是为什么。我只知听从经验，它示意我怎么做才会更好，我要做的只需领会，无需追问。就让它成为一个秘密吧，我不太想知道这其中的真相，这秘密，让我暗自滋生出讶异的快乐。

我终于将面粉团捏成长条，然后切成小段段，压扁。两个叠在一起，左手车轮般地旋转，右手的擀面杖轻轻地揉搓，唯有此时，我看上去像一个老手，像是对极为熟练的活计胸有成竹地操练，一脸的虔诚，如果我抒一下情，我愿意说，我像是在演奏。

开始包了，左手摊开一张圆圆面皮儿，拿筷子尖挑上肉馅，那么轻巧地一撒，我的手开始团拢，右手勾拢小指成姜状，整个一捏，就成了，一口气，一个动作，没有漏风，紧实、硬亢，浑然的立体感，竖起的边裙，像纸质，朗朗而有力。漂亮的活计！我包的饺子是煮不破的，里面也不会灌进汤水。熟的，也一样硬朗，就是不小心掉在地上，它还会颤颤地弹动一下，但还是不会破。那种煮熟后灌进了汤水的饺子，变得异常肥大，白白地浮在锅面上，像胖胖的白鼠在翻动，用筷子戳，皮就破了，软塌塌的，味道要差很远。

不一会工夫，我居然包了近百个饺子。一个人，怎么都吃不完的。我打电话叫李红过来吃饺子，她很高兴地来了。一个我们湖北的小姑娘，才大学毕业的，在这个人生地不熟的异乡做着新闻记者。我喜欢她身上的一种东西，聪明、懂事，还有淡淡的留恋大人在身边的味道，让人心酸，小小年纪就肩扛家里的负担。她有时叫我姐，我会突生出异样的感动，但她有时又不叫，不知道是什么缘故。到了房间，就开了电视，用遥控器不停地换台，嘴里应着我的话。我给她调料，醋、酱油、盐，我还拍了蒜，切了红红的小尖椒，再拌上一小匙金龙鱼油，饺子端到她面前，她像孩子一样兴奋地大叫，眼睛却盯着电视，我叫她吃完再看，她一边应着，一边说，啊，这饺子有我们湖北的味道！我心里猛然一惊，湖北的味道，是一种什么样的味道呢，这个孩子怎么说出这样的话来！正说着，一个饺子被咬断掉到碗里，汤溅到她脸上，她赶紧眨巴着眼，这副惊魂未定的表情，让我想起多年前的一个少年，他抢着吃刚端上来的饺子，太烫了，他烫伤了嘴，哭丧着脸喊我，啊，姐姐，姐姐。我赶紧别过脸去，眼泪涌上来，突然地，很强烈地思念起故乡。

2007. 1

谁见过我的中秋节

在南方漂泊几年，似乎对过中秋节没什么印象。公司会发一盒月饼，蛋黄馅的，很油，甜腻得很，我不爱吃。拎回宿舍，就把它靠在墙角——然后就把它忘了。我把中秋节也忘了。当中秋节突然来了，对，它总是突然地横在我面前，而我却要决定郑重其事地想要过这个节，一种很突兀的颓败感就向我袭来，那样的感觉非常古怪——我无法过一个缺乏铺垫的中秋节。我的中秋节是有气味的，它总是会早早洇染过来，慢慢地把秋推往深处。

路边的商场很早就开始做中秋节的促销活动了。礼仪小姐挂着斜斜的授带在那儿向路人派发大酬宾的传单。网络、电视也都充斥着这些商业广告的声音。但这不是我的中秋节的气味。我的中秋节在湖北。那个时候，天慢慢凉了，白天变短，阳光依然金黄，黄豆和芝麻已收进了仓库，晒在露台上的花生，随手拈一个，摇一摇，可以听见哗啦啦声响，像在唱歌。风送来桂花的香味，正要成熟的青桔子和梨为了抢价钱，被早早从树上摘下来，堆满了竹筐，枣子也红了，矮处的被我们打尽，高处的累累地挂着。我的中秋节陶实，像秘密贮满甜汁的水罐，不动声色，却有丰硕的体积。晾晒，粮食和果实，这些美好的事物，在中秋节，摊晾的是季节的黄金。

中秋节是冷暖的分水岭。中秋节前后，我们都开始穿夹的。那一天下午，母亲会把晒在后山的棉絮抱回家，她要给家里每一张床钉上被子。把竹席卷起来，把线毯叠好，她要为我们铺上芬芳的棉絮，厚厚的，有肉质，不会硌着我们的嫩骨头。然后铺上用米汤浆过的床单，她从箱底拿出绸缎被面，用针脚把阳光的清香也缝进去。中秋节的睡眠太奢靡了，以致弟弟会尿床，第二天引来母亲小声的责备。那棉被的贴熨像母亲的手，寸处寸角把温暖团住。这双手，在那时就开始织毛衣，做棉质拖鞋。刚来南方时，过中秋节，电话里，她总忘不了叮嘱：天冷了，要盖被子了，睡冷竹垫要骨头痛的。母亲她不知道，在南方，天慢慢变冷要到十一月份。一个不懂事的人，从来不知道享受母亲的爱是幸福的，从来不知道没有为母亲做点什么是应该愧疚的。一个中秋节，就照见了这样一个人。

不爱甜食，所以不吃月饼。我的中秋节就没有月饼的气味。但乡村的中秋节是早就嚷嚷开的，把东西备足了才能过节。有人杀猪，有人定亲，有人婚嫁。记忆中的中秋节还有一股鞭炮的香味，有吹吹打打的声音。串门的人就相互问，你家过节吃什么啊，过节你家谁谁会不会回来啊，有什么事过了节再说啊，过中秋节，多大事啊，一家人要忙乎上好一阵子了。那几天就像开始过节了，餐桌上，摆着粉蒸肉、红烧鲫鱼、板栗烧子鸡、排骨藕汤、粘了芝麻的小麦粑，蜜糖红枣，还喝用盐腌渍的桂花茶。我们小孩子荷包里装着炒花生，熟菱角，青桔子和沙梨。月饼这东西是父亲从商店里买回来的。但它离我的中秋节那样遥远，它没有贴着土地，没有看着它播种、生长和收获，它更多的意味是象征团圆这个概念。我素来是忽视月饼的，但因为漂泊的缘故，中秋节，也只能寄一盒月饼回家了。现在的中秋节，还有谁能闻到那朴素的农业味？感受五谷丰登的欢腾？它浓缩到那样一个晚餐，全家人团聚，桌上摆着一年来地里的收获，那个晚餐是充满感恩的，我记得祖父好像先要祭拜一下祖先，他感谢土地，感谢阳光和雨水。现在想起这仪式，它有着拙朴而大气的气质，原始，却有肃穆的味道。记忆中的中秋节没有赏月的环节，赏月，大概是读书人的雅致。晚餐散后，在院子里，抬头看见一轮满月，银辉洒在天台上，老奶奶坐在藤椅上跟她的孙女说，我看到的月亮是好厚一摞啊，孙女说奶奶你要戴上老花镜才能看到是一个。老奶奶还要讲那个讲了一百遍的嫦娥的故事，孙女就跟着她一起讲。那个时候，天空一轮明月，很高远，很纯净，纯净得可以畅饮。现在想来，就像一个梦境。多年后，我在南方从未见到过这样纯净的月夜，我明白，有些东西永远属于回忆。

去年，公司来了一个女孩子，分到我们这栋宿舍。也是过中秋节，她做了满满一桌菜，然后打电话叫我们去吃。我一看，桌上摆着居然有板栗烧鸡和排骨藕汤，我赶快拿汤勺舀了汤来喝，一股湖北味迎面扑来，藕炖得很烂，很粉，汤色浅褐，闪着细小的油珠子，粘稠，有点糊糊的，浓香。完全不是广东汤清水一样透亮，寡淡寡淡的，我忙抬头问她，你是湖北人吗，她说是，我说，我闻到了中秋节的气味了。

2007. 8

与我合租的两个女孩

一

乌眉跟我说，她们成都分公司有两个女孩子到深圳总部学习，很不满意公司安排的宿舍。说是闲杂人太多，不清静，投诉到她这个总经理助理那里了。她说我那屋空着也是空着，不如叫她们搬进来跟我做个伴。房租就由她们公司来出。

乌眉把那两个女孩子带到了我的住所。说了一大堆打扰了之类的客气话。那两个女孩背着行李包，进了屋都没有卸下来就径直看我的房子。房子是两房一厅。空着个单间。大概是知道她们公司出了房租的，我听见她们用成都话说，这么热的天，还要两个人挤一张床，真难受！话我听懂了，于是我就跟乌眉说，我睡客厅吧。

开始搬东西。她们看见了我的镂空蕾丝内衣、香烟和打火机、口红、眉笔、笔记本电脑、光碟和古怪的各种前卫杂志。两个人站在床沿看着我，都不说话。她们在打量我，她们可能彼此交换了眼色。直到有一天，她们突然问我是不是一个作家。我只听乌眉说过，她们是成都分公司的技术专员，有些横的。

她们都有一种叫人记不住的清秀长相。都化了淡妆。后来我们熟了之后谈起化妆，她们跟我说，化浓妆太俗气了。但又赶紧解释，那不是在说我。因为知道我是常化着浓妆去酒吧的。她们只是想让我懂得，什么是俗，什么是不俗。因为看样子我并不懂，就像不懂得她们是不俗的一样。当然，这些都发生在知道我是作家之前。

当晚，收拾完后，两个人在客厅坐定开始大声地用成都话抱怨，公司怎么可以这样对待成都分公司的员工，那样的宿舍怎么住人？洗澡要排队，早上洗漱要排队，到半夜还有人进出、大声喧哗，真是一刻也不得安宁，都反映了两个星期了才给解决，太气人，真是太气人。两个人声音越来越大，愤怒像火苗一样蹿起来。

——突然，她们用普通话问一直沉默的我，说这是不是很气人。

我说是的，是很气人。接着，我继续着沉默。不知为什么，她们也骤然停止了。我知道，她们想问得更多，但我们都沉默。我在心里暗自责备自己是不是太冷淡了。我应该热烈地表现出对这种愤怒的合理性。但是我——

过了一会儿，一个女孩子很客气地问，我可以用一下你的电话吗？我自己有200卡的。我冲她连连点头，说，当然可以，当然可以，不用200卡，你直接打吧。

她说，那哪能啊。打完之后，她对我笑了笑，说，谢谢。诸如此类的谢谢，这两个女孩一直跟我保持到她们离开的那一天。

二

我至今都不知道她们姓什么或叫什么。姑且就叫她们 E 和 F 吧。

白天她们都去上班。跟她们相处实际上都是在晚上。她们一般都在外面吃了晚饭才回。偶尔，她们会给我打包海鲜和烧烤。她们会催促我当她们的面吃掉，最好要确认那些确实是好吃。通常，我会说声谢谢，然后就撂下一句，放着吧，呆会吃。我的眼睛仍然还盯在电脑的显示屏上。

等她们换了衣服从房间出来，看到我还没吃，就会很关切地发问，你是不是不爱吃这些烧烤？我回过神来，连声说，爱吃，爱吃。我知道对一个人不尊重，莫过于拒绝他的食物。连声夸奖烧烤的美味是不可以漏掉的。这并不是虚伪。

E 去洗澡。F 打开电视跟我聊着。电视里放出了王菲和张柏芝。F 跟我说，王菲和张柏芝都长得不好看，然后问我，这段时间有没有发觉 E 的皮肤变白了？我说好像是的，是变得比以前白了。F 哼了一声，哪里呀，是比以前胖了，显得白而已，就算是白了，还不就那样？我想笑，王菲和张柏芝都不漂亮了，那 E 能漂亮到哪里去呢？但我没吱声。F 又说，E 想调到深圳总部，这段时间在跟老板套磁呢，跟他说话嗲得不行。F 最后跟我说，她觉得 E 这个女人其实蛮贱的。

F 跟我说这话时，自然认为我跟她的交情要比跟 E 的好。我想 F 肯定料不到，E 在我面前是如何评价她的。

之所以在我面前说这些，是因为我是作家，是非、道理和公正在我这里。至少在一个小范围内，可以成为一种参照。最好，当她们跟我说这些时，我能当面表态去赞同她的。当然，我确实赞同了，诸如，我会连连点头说，是挺贱的，确实贱。

E在一个中午突然给我打电话，说她下午请了病假要出去一趟，但她跟F说回宿舍睡觉休息。F极有可能打电话回宿舍确认她是不是在宿舍，E请求我代接电话帮忙撒个谎，就说她在宿舍睡觉。最后，E在电话对我愤愤地说，F这个婊子，肯定会打电话问的。

个中缘由，我从来不问。因为我一点也不好奇。E知道，我会帮她撒这个谎的。总之，这两个女人，一个蛮贱的，另一个是婊子。她们喜欢倾诉，需要听众。她们彼此没有耐性成为对方的听众。而我需要什么呢？我什么时候堕落成一个神仙了？

后来，F并没有打电话来确认。后来，E反复追问我，真的没有吗？不可能啊，真的没有吗？再后来，她们俩再也不跟我说这种事。相反还有点规避的样子。我还是不好奇。虽然相处得有些别扭了，但又没听到什么异样的动静。终于，她们都不约而同地、有些怯怯地问我，你跟乌眉常在一起吗？原来你们是大学同学啊？乌眉者，她们的总经理助理也。

而我，有一个问题是有些好奇的，这两个女孩是如何评价我的？是贱货呢还是婊子？或者是什么别的？虽然我不太关心，但我认为不太可能是一些好的方面。

三

我隐隐觉得她们在注视我，注视我的生活，注视我的——方方面面。我开始感到有些不自在，是的，她们打扰我了，因为她们都长着眼睛。我对她们的生活没有任何兴趣。我正在看一本旧书，米兰·昆德拉的《被背叛的遗嘱》。一本我在某些时刻会认为有趣的书。呃，我是不是能做到当她们完全不存在？

你好像没有跟男人交往，其实你挺吸引男人的。

写文章能够赚很多钱吗，你好像没有具体的工作。

你的那些衣服是在哪儿买到的，我们在商场从未看到过你那样的衣服卖。

我们是不是占用了你的电视，你爱看哪个台，你不爱看电视吗。

诸如此类的问题，实际上我很想统统回答她们说不知道。但我还是出于礼貌一一作了回答。我希望我表现得不要让人觉得古怪。

晚上，F跟我说，白天她接到了一个电话，是一个男的找我。然后用异样的表情看着我。我说我知道。然后道了声谢谢。是诗人K，说是明晚有一个诗歌朗诵会，有很多朋友从外地赶过来了，说是要我一定参加。我用手机把电话打过去，K说，电话是你妹妹接的，她问我找你有什么事，问我是你什么人，我说，我是你的情人，你有这么可爱的妹妹，明晚干脆一起带过来吧。

我觉得一点澄清的必要都没有。更不想去告诫她们是不是不应该对我的私事这么有兴趣。因为这样一来，我跟她们就会走得近一些。我还没有这个打算。

她们买了螃蟹，放在塑料盆里，由于在专注着我打电话，没想到螃蟹从盆里爬出来了，满地都是，我叫了起来。她们这才回过神来，慌忙蹲下身捉螃蟹。爬着的螃蟹，吱吱地响，两个手忙脚乱的女孩子，哎呀哎呀地叫。这些多么像我被打乱的生活。

第二天晚上我就去了，走之前，E和F建议我应该穿什么样的衣服，叮嘱我千万别忘了洒上香水，说我应该喝得微醉，应该……我温柔地告诉她们说，我快要迟到了。朋友很多，闹得很晚，K说，不用回去了。他去酒店为我们几个女孩子开了间房。当我一早回到屋子，那两个女孩子跑出来看我，E说，你气色不错嘛，昨晚很愉快吧？是不是觉得很幸福？F说，当然啦，跟情人相会，受到滋润啦。

　　她们盯上我生活的秘密的缝了，她们有极大的兴趣想更大地扒开这条缝，像闻到腥味的猫。她们说的这种话，当然是没有恶意的，我可以用一个微笑来打发。只是，我当真做到了当她们不存在吗？我还是有一点不安，我让别人好奇了，我进入了他人的视野，并且，这事碰巧被我察觉了。我还要假装不知道吗？

四

　　我想，我算得上一个和善的人。和善到她们敢用略出格的言辞来刺我一下；反正我从不生气，也没有怪罪过。那就来谈性吧，是的，干嘛不？话匣子哐啷一声就打开了。

　　结果我听到这两个女孩子说起她们是在多少岁不是处女的，那一次如何如何。最后，她们谈起了姿势、尺寸、时间、次数、避孕……声音很大，还笑个不停。她们还说起，有多长时间没有做了。最后，两个人神色黯然。她们一下子发现我在旁边只字未提，仿佛上了很大的当似的，因为她们都暴露了类似于秘密一样的东西，而我却享受了别人的秘密，自己的却捂着，两个人都逼着我，要我讲我的第一次。

　　我对于跟他人交流这样的事情觉得别扭。这并不是狡猾。当然，我用我的文字曾多次写到了性，但我没有跟她们说，叫她们去看我写的作品，我说，这些事我都不太记得了，不好讲。不愿意跟她们分享我的秘密，她们多少感觉到了什么。本来，我制造了距离，不让她们走近我，我是高姿态的，却表现出和气、不怒、平易近人的低姿态，实际上是敷衍。此前，她们也许并不知道，但现在，她们有点明白了。

　　我发现，她们关注我的时候，似乎彼此的矛盾不像以前那样激烈了。

于是，她们不再关注我。我居然隐隐地有些失落，好像没有某种期盼。她们已经很深入地介入了我的生活，介入了我这个人。可以这样说，原来我一直是希望有人来打扰的。我也一直是在关注着她们。但现在，我们都在冷战，表面上，我们彼此客气。我发现，她们在网上下载了我的文章，两个人都看了。我看出来，我似乎让她们觉得自己粗鄙，平庸，甚至——恶俗。我为这一点感到非常内疚，实际上，我是一个多么粗鄙、平庸和恶俗的人。一个更善于伪装的人。

E 和 F 提出住到月底就走，我哦了一声。乌眉跟我说，这两个女孩子变得没有以前那么横了。话也少了很多，问我是不是受到我的什么影响。我说不会吧。略略地有点心虚。

在她们走之前，我决定带个男人回来过夜。我叫广州的男友赶快到深圳来。我不知道这个举动能不能证明点什么，但我还是觉得有必要这样做。

2004. 7

猴　　子

　　突然接到猴子的电话：老子不治了，奴奴，快
过来吧，想见你呢。

　　我慌了，忙问他现在在哪。他说在家，我忙不
迭地打了个的往他家奔去。几个月前，猴子被确诊
得了"砍杀尔"。现在猴子在家，他说他不治了。

　　门是开的。我进了屋，猴子在烧开水，喝茶吧，
他说，抬起头望着我，他瘦得可怕，像个幽灵，由于
接受化疗，他的头发大多已脱落。眼里掠过一丝空
漠，但转眼即逝。他迅速做了一个手势，是在说，没
什么大不了，是的，不治了，我回来了。

　　我尽量不与他对视，我是个脆弱的人。听 CD
吧，还是斯汀的。

　　屋子很乱。我想自从他与李虹离了婚之后，这
屋子就没好好收拾过。去厨房洗茶具，水哗哗地
流，跟紫砂壶内壁上的茶锈较劲——我到底跟什么
在较劲？猴子仰在沙发上嚷，洗那么干净干嘛？

　　"到这个时候居然还有个女人陪我喝茶，真浪
漫！"这样的语气不是自嘲，他真的感谢我的到来。

"医院里闷死了，每天看见阳光一寸一寸地变短，就像长了脚一样。还有，那地方天天死人。——所有的人都很变态。"

他在跟我解释，实际上是徒劳的。我相信，离开医院他会处于一种相对自由的状态。

斯汀沙着嗓子在唱。这是我们最喜欢的一张碟。我将第一次茶水倒掉，将留有茶香的白瓷杯拿来给他：真香，闻闻，多好的碧螺春！

我将金黄澄澈的茶端在他面前。他端起来咂了一小口，然后长唉了一声，很享受的样子。

"打电话叫李虹也来吧。"我知道他们离了，但仍保持着性关系，也许不太亲密。我还知道，李虹深爱着猴子。至今还是。

他摇摇头。闭着眼睛。

"小说写完了吗？"我抿了口茶没抬眼皮，"给浩子吧，叫他们出。"

"浩子他们能做什么！一帮弱智得吃屎的猪！来，咱们来杀一盘？"

这就是猴子，自己永远牛 B。死神也无法熄灭他的狂躁。我曾跟他说，偏激跟尖锐是不同的，前者有时是愚蠢，而后者绝对是才气。他就狂骂我是一个大傻 B，愚蠢或者有才气是不是一定有必要作为标签贴在脸上？是不是要让谁都明白自己分辨得出哪些是愚蠢的哪些才是有才气的？我说他更傻 B，这一生只为跟一个女人争谁比谁更牛 B 而活着！诸如此类，诸如此类。

杀盘象棋，好吧。

争吵从落子的第一步开始。我说走错了，他就装出宽容的样子准我悔棋，他走了步没占到便宜的棋，我笑他蠢……我们从来都像在乎生命一样在乎输赢。

最终，跟过去的任何一次一样，我把棋盘掀了。因为没办法得出胜负，我们谁也无法面对输棋的事实。我们怒目而视。

我走到几前斟茶喝。他走进卧室打着电话。暴出放肆的大笑。

"我叫个钟点工来打扫屋子。"他暧昧地笑笑。

我们又坐在几前，我斟上茶。他告诉我小说写完了，觉得意犹未尽，劲还没使完呢！他说，这叫创作激情，激情，知道吗？再弄个大的。嘿，万一我搞大了，你得服我！嘿嘿！

又来了！这挑衅！他谈到了将来。我不愿意跟他谈将来，猴子没有将来。我还没有恶俗到这个时候变着法子去故意逗他开心。

我们说着别的。我说了下我的私生活，一塌胡涂，一塌胡涂呀！然后就笑。他倒是对我一塌胡涂的生活状态大加赞赏：多过瘾呀！过得这么有质感！

钟点工来了，她穿着黑色的紧身吊带装，身材很骚，一看就知道是个鸡。我明白了。

"猴子！"

"你出去等一会，咱们呆会到火锅城打边炉，喝几杯！"

我立在客厅里，他们迫不及待地进了卧室，接着我听见那女人夸张的尖叫。我想像着猴子的身体，他的那个瘦啊！

女人又一次尖叫，比刚才更猛了，我心里一阵阵地抽紧。猴子，在朝通往死神的大路上一路前进。斯汀仍在唱。

一切安静下来。

猴子虚弱地告诉我，真想操李虹啊，真想。做梦都想。但是看见她忽然觉得难过，很难过很难过。然后问我知不知道那是一种什么样的难过。我说我知道。当然知道。

"我要在运动中死去，要体验死亡的速度感！"此时的猴子，对于那些活得像行尸走肉的人，基本处于生命静止状态的人（他说的），他是多么不屑！死亡丝毫没改变他，他要照着他的性子走完最后一秒钟。他还恨恨地祝福我和某些人地老天荒地活着。活着成精。

2000. 12

照　相

　　不喜欢照相，我的相片非常少。最近要发稿子，几个编辑跟我说，要求附一张生活照。没有。我没有单独的生活照，跟朋友合影的，有几张，但也只是几张。

　　我几乎没有跟父母、兄弟合照过。印象中，小时读书，被几个女生捉住去照相，我突然一下子变成了一只小兽，凶狠地反抗，尖声嗥叫，硬像是要按着我去喝药，我用指甲抓破了她们的手，现在想起来，那红红的痕印，历历在目。我是无法面对跟另一双眼睛对视的，我的内心如此脆弱，如此愚蠢，它蠢蠢地动着，像兽。照相机这个东西是魔性的，它了解人的一切，只要它对着你，对着你的眼睛，它就能吸人魂魄，尤其一定会吸走我这不洁之人的魂魄。这其中还要持续几秒，我就犹如死去几秒。在瞬间就能把灵魂的表情捕捉出来，并摊在你面前让你看，这无论如何是件可怕事情。

　　这个感觉是我对照相机最初的理解，我非常害怕它。觉得它凝聚着不可知的、强大的邪恶力量，它是个怪物。长大后，我当然就不怕它了，做了记者，胸前还常挂着一个。但我还是不喜欢照相，我想这是缘于对自己长相的不自信，我看了一下，周围的漂亮女孩子们无一不喜好照相，美目盼兮，巧笑倩兮，极尽可人之能事。我无可人之相，挤着个浓黑浓黑的眉毛，瞪着大眼，经常作视死如归状。容貌，这两字挨着，放在这里，只消放在这里，它就会有一种很奇妙的味道，就有美态自己滋生出来，真是很怕汉字的表现力。我说，某某女子容貌……后面的不说，人家就会想到，啊，那一定是美的。换了长相二字就完全不同了，这容貌二字的意思其实跟长相是一个样的。我还是有自知之明，就不用容貌了吧，也就是说我没有容貌。我只能说，我的长相，我对自己的长相不自信，才不爱照相的。

相当长的一段时间，我区分不来什么样的才叫长得好看。长到很大了，那是很大了，我才知道女人好看的标准，对着这些标准，我去判断谁谁好看。我发现，很多长得不好看的女子也喜欢照相，也喜欢在照的时候作美目状，巧笑状，我当然能理解，她们希望自己照出一个漂亮的人来。有的人果真照得好看，就有人说，嗯，你真上相。那意思是，其实你长得并不好看，只是把你照得好看而已。说来，这照相，从来都有自欺欺人的味道在里面。

长相不好看，好像不能成为我不爱照相的主要原因。我至今还认为，照相的过程是很受罪的。虽然不像少时那样害怕照相机，认为那里面藏着个能吸人魂魄的鬼。就几秒钟，我要事先准备好表情，摆在那里，等它来照。一个别扭就出来了，表情是摆出来的，那几秒钟，我是被捉住，强行为了应付这个照相摆出的一个表情，这个表情是不含灵魂的，形同僵尸。又说到灵魂，我真不喜欢这个词，这个词是不能摸的，一摸，它就会颤一下，这也是个可怕的东西，看不见它，它也能洞悉一切，还长着眼睛，还无处不在。不喜欢"灵魂"这两个字挨着，一挨，它们就在暗地里有了生命，就像点着了一样。不喜欢用灵魂这两个字，那我得换一个别的，对，元神，我就用元神这两个字。照相，元神不归位，那相是没有表情的。当相机这个东西对着我时，且要持续几秒钟时，我的元神无法归位，我无法，对着虚无完成一次对视，哪怕我挤出了笑容。不爱照相，一个尖锐的别扭，一个人的眼睛实在无法对虚无完成一次真诚的对视。一定要照，我的灵魂在别处，哦不，元神在别处。

就照了几张，出于实用价值，给杂志社电邮了过去。我想，那照片，元神是否归位人家也看不出来，当然，也没有人要求，照相，一定要肉身与灵魂同在。请注意，我最后这个，用的是灵魂二字。因为，主题变大了。不再是指我个人。

2007.4

蹲着的天堂

在宿舍，不知怎的，竟和几个湖北湖南的女孩子聊起童年时家乡的茅厕。想不到，湖北湖南农村的茅厕在十几年竟如此相同。这个话题，80年后的多半印象不深。再看看现在的厕所，一般设在室内，一个洁白的瓷坐桶，两层翻盖，一个旋纽，四壁几乎也是洁白的瓷砖，前台设有洗手池，备着洗手液及自动烘手器，角落，摆着固体空气清新剂，好大一面镜子，用来恢复泰然自若的表情及风度。闻不到一点异味。事毕，一阵哗啦啦的水响，少顷，走出了衣冠楚楚的男人或女人，且表情肃然。

我在农村长大，稍大些还去过湖北许多农村地区。茅厕大体上区别不大。它们通常离住家不远，踏上清亮的青石板路，绕过一溜桔树、刺槐或几间柴房就到了。现在想来颇怪，离住家这么近，为什么那时候我们并没有闻到异味？而现在要是哪个缺德的用了洗手间忘了开排风扇及冲洗，其后果可想而知？

茅厕不分男女。由于设在室外，并不限于一家人用。一妇人蹲在里面悠悠然，冷不丁冲进一汉子实在是很正常的事。当然，听到有脚步声拢来，你可以大呼：里面有人！这时，脚步声就会远去。外观上，茅厕由土砖砌成，盖着片片黑瓦，粪池伸出来两尺许，以便农人舀粪上田施肥。其实这一设计是恐怖的，在农村，有多少小孩子就这样掉进去甚至溺死在池中。墙上有一十字形孔窗，从外面向里看，刚好可见蹲厕者的尊头。一般是木门，有的没有门，但它将土墙沿九十度折砌呈半围状，将如厕者遮起来，由于没有门，这就造成刚才所说的，外面的人怎么知道里面蹲着个人？

推门进去，池上是两块厚木板，间隔大半尺，太窄了容易弄脏木板，太宽了蹲在上面不舒服，且不适合小孩子。木板之间向下斜插着一根圆木柱，嘿，这圆木柱作用大着呢，它能保证你大便时不被黄色的粪水溅脏屁股。有的人家茅厕里面圆木柱太过细小，一砣直溜溜地下去，没有对准圆木柱，咚的一声，难免……如果及时抬臀，兴许可以补救。本来如厕是件挺享受的事，要是还要为这去操心，真是叫人心焦。小时候我很调皮，知道疼爱我们的大伯父进了茅厕，跟几个小家伙往粪池里扔大石头，结果，大伯父的屁股溅满了黄色的粪水，干完坏事后，我们作鸟兽散。

墙缝上，塞着孩子们读过的旧课本，那时哪有又软又白的手纸？当时也丝毫不觉得那纸有多硬有多脏。村里有一些人家没有孩子读书，他们就会向别家去要这些孩子们读过的旧课本，塞在厕所墙缝备用。后面通常放着木粪桶，里面插放着粪舀，这粪舀以前是木箍成的，后来都换成了冶钢工人的安全帽，容量比以前的大，且不易漏水。想来颇有意思，帽子竟成了舀粪的工具。

农村家庭一般都养猪，猪栏通常跟茅厕共处一室。人一进去，猪以为是喂食的来了，拱着木栏呼哧呼哧叫个不停。在蹲在茅厕那愉快而短暂的时光里，我们跟供养我们读书的猪兄弟共处一室。那种气味就像那段日子一样单纯，我们快快乐乐地长大。多年后，我坐一列慢车南下，早晨醒来突然闻到了一股童年时熟悉的味道，一股茅厕里猪栏的味道，我惊讶不已，循着气味却找到了几个一夜没洗澡、睡在一起的洋鬼子。外国人身上居然散发这样的气味，太恐怖了，这是畜牲的气味。而事实中，童年时，猪栏里头的猪，我们从未把它当畜牲看，那茅厕里猪栏的气味，我们从来没有认为是畜牲的气味。母亲们总是对它们特别好，还要在夜里起来看它们。

有的茅厕相对简陋，设在没有住家的山脚或田地的空处，为做农活的农人救急。这给偷窥者带来便利，它上面没有盖瓦，大概只有大半人高，谁进去了一目了然。挡的是下半身。偷窥的男人在后面，只能看到女人解裤后露出的白屁股，待女人出来后，他就会嬉皮笑脸地上前：嘿，你的屁股真白。这样诞生了许多农村朴素而有味道的偷情故事。还有一种茅厕，是纯白茅盖的，这大概是茅厕的"茅"字的由来，它的便池往往是一口大缸，上面也铺着两块木板，人蹲在上面，屁股离便池面太近，那些蠢蠢欲动的蛆蛆大有爬上屁股之势，令人恐慌。有趣的是，这些茅厕的地上往往长着蒿草，纯白茅的那种有时长有蘑菇，潮湿的地面，踩得溜光的木板，我们严格遵循着大人的教诲，无论如何也不能浪费大便，不要在野外拉，要找茅厕，再简陋的也要进去。大粪也是农人偷掠的对象，好多人趁深夜偷人家茅厕里的粪，那年月，为这事吵架的家庭真不少。

吃着素素的粮食，拉着干干净净的大便，我们在朴素中健康地长大。在蹲厕专心致志地看连环画小人书，听到屋子里母亲唤我吃饭，一转眼这多年过去了，在进现在的洗手间时，在镜前补妆时，我也没闻见空气清新剂及脸上香粉的香味，一如当年我们没有闻到茅厕的臭味。岁月的流失本没有气味，它有的只是怀念和感动。

2003.5

第五辑
给塞王，给朋友

"它只跟诗歌有关!"

　　广州开始冷了,但阳光高远、清冽。在阳台上,带着小恙的身体,坐在藤椅上看着安石榴的《我的深圳地理》,打开它,它竟然散发出故乡的干草垛的气息,阳光的气息。这样的气息是让我们这样的人敏感的,我们都不会去说出它……不说出它。这本外表沉郁的书,内部却激昂明澈。黑白的底色,它说了青春、诗歌、漂泊,还有忧伤。我一直认为,它曾是彩色的,那些图片,文字,它们在经历了岁月之后,终于褪去了红红绿绿,最终钉在记忆的是黑和白,本质、深刻,直逼灵魂深处——让人无法回避的现场感,散发出真相的气息。一个人的深圳地理,一个诗人内心泅渡的心灵史。

　　地点。事件。和人。他列出了一个个的地点。一串一串,像管道一样。我循着这迷宫一样的管道摸过去。我一摸,自己先颤了一下,我一下子摸到了安石榴的灵魂。这些地点,我是熟悉的,宝安,一个出现频率较多的词,龙华、下梅林、白石洲、上沙下沙、二十六区、关外,这些个深圳边缘的名词却构成了安石榴深圳地理的主旋律。他住在租来的民房里，那儿的治安都不好，地址弯弯曲曲，朋友都难以抵达，安石榴的深圳地理，难以避免的会有一种潮湿、混乱、忧伤、神秘而下落不明的气味。他的诗，他的事件，他所有的激情都沾着这气味，我注意到，安石榴在写华强北、东门这些名词的时候，他不在场，他在说着别人的事情，别人的生活。作为跟他有着几乎相同经历的我来说，我太熟悉这样的气味了，"落泊穷途"、"穷困潦倒"，宿命，这不祥的词根，一下子笼罩着我们。这个时候，我只想说一句，安石榴，我的兄弟。

边缘，这是安石榴对自己在深圳精神状态的命名。我认为，这也是他作为诗人气质的命名。也就是他自己说的"地域、生存与语言"。当我们说，这恰恰是作为一个诗人最好的状态的时候，我们都不免带有一种令人讨厌的自我优越感。仿佛一个富人在说穷人的穷是一种浪漫一样！"在一座城市之中不断地搬迁自己"为的是获得一种激情，新的地点会有一种"充满干活和做大事的冲动"，这近乎孩童般的热情始终贯穿着他的深圳地理。他从不像我那样，像个摄像机，匍匐在地，一一照出生活的细节，呈现出过多的悲伤和苦难，他不，他从来不这样！他是明澈的、激情的、兴奋的，"所有的空间被诗歌强大的气息占满，朋友们带来的声音，像推土机一样经久回荡……"跟诗人朋友们聚会，酝酿出诗刊，在行走中想着诗句，为一首自己满意的诗歌欣喜若狂。他们数次聚会，各自朗诵着自己的诗，并把"谢湘南带来的一罐乡下米酒喝了个干干净净"。七年啊，安石榴将一生中最重要的时光耗在这上面了，这高烧一直持续着，直到现在。

他的深圳地理，有几个令人注目的关键词：边缘，暧昧，遭遇，外遇，这几个极有质感的命名立即呈现出它准确、无可替代的气质。它们都与诗歌有关，毫不夸张地说，安石榴参与并见证了深圳这个城市的诗歌现象、诗歌事件。谈起深圳的诗歌，如何绕得开安石榴呢？他说"现实并不提供安逸的写作姿态，反而百般地刁难我们，不断地消磨着我们的写作热情"，关于"外遇"的这个章节，我反复地看了几遍，我看到了青春、激昂、混乱的激情、激情背后的忧伤以及一群都热爱着诗歌的年轻人，他们内心的病，这个城市的病。

我还是得提一下《大鹏湾》和《深圳人》吧，它们已淡出了人们的视野，作为打工文学的最初存在版本，它带给安石榴以及很多人年轻时最初的文学梦。它真实、青涩，却无可辩驳地成为深圳文学的一个事件，它存在过就是所有的意义。作为见证其兴衰过程的安石榴，他说出了他的打工文学。

2002年的冬天，我在广州认识了安石榴。在诗人魏克的引见下，见到了这位长得像达·芬奇的诗人。他善饮、从不发火，脾气好到我可以欺负他。一生之中，有几个可以好到可以欺负他的朋友呢？他从来没有跟我提过生活的苦难，从来没有。

2005. 11

假想的反方

——写给魏克

"再纠正一遍，我是一个诗人！"多少个深夜，在广州石牌的小酒馆里，两个正在激烈抬杠的男女突然无声了。就因为这句话，那女孩再一次以极其不解的表情望着那个喝了很多酒的男人，半天说不出话。她知道，他是清醒的。

这就是魏克。诗人魏克。

广州石牌的夜晚充满着可疑、暧昧的气息，魏克带着我穿行在小贩、妓女、没有身份证、目光精亮的外地人、来路不明者之间，那像迷宫一样的巷子，完全一模一样的场景，我真的晕头转向，如果是一个人，我一辈子也走不出那见鬼的地方。他带我去他固定的那家小酒馆，魏克的酒馆，然后展开那毫无意义的、无聊的、让人乐此不疲的抬杠。

也许有人弄不明白，为什么在魏克眼里，一个漫画家的身份会让他如此不屑一顾！不，是恼火！当然，我是懂的，在魏克眼里，诗歌是超越艺术的。按他的话说，他这一生所作的种种努力就是为了配得上"诗人"这一称号。

我是故意的，哦！天生的坏蛋，为了激怒这个单纯的人，为了听听这个平常很少言语的闷葫芦那精彩的见解，哈！我是故意的，故意站在他极其反感的、对立观点的立场，每每，他上当了，他被我激怒了。

我曾说我很喜欢漂亮的、激情的、气势非凡的长句。并把事先选中的一首长句诗歌念给他听，他很不耐烦，并粗暴地打断我说，这些都是垃圾！所谓的语感是最具有欺骗性的，它遮蔽了其内在的虚蹈！我固执地坚持说，就是这样的诗才能打动女孩子的心呢！女孩子们就喜欢读这样的诗歌。当时，魏克显然是着急了，结果他花了几个小时，跟那个什么都不懂的坏蛋上了一堂专业课，他讲了诗歌的科学性，认为诗歌都是可以拆开分析的，是物的，绝不是无根自生的东西。哦，对了，就诗歌的科学性这一提法，两个人又发生巨大的分歧。我记得我当时说了一句：诗歌的科学性这一提法简直就是犯罪！

魏克他不知道，打心底，我是认同他的。尽管我不以对错去看某些提法，我看重的是，是什么东西会被魏克说出来，他会说出什么。比如，我成功地激发出，让他跟我谈了金斯堡的保守性。

我不知道，是不是所有不爱说话的人，一旦急了，他的表达会处于一种难以排遣的慌乱中，魏克就是这样的人，几乎是有些口吃了，他的着急，哈，他当时那个样子！但我知道，他想表达的东西是清晰的，思维是没有任何障碍的。他就这么爱较真！

还有比这更无聊的事吗？2002 年 11 月，魏克常常和一个滴酒不沾的女人在广州石牌的小酒馆里抬杠到深夜。显然，我是不够格的交流者，我无法完成与魏克同等的对话，作为世俗层面观念的持有者，我，是魏克急于要纠正的，他有那么多话要说，那么急于地要说啊，那么多个夜晚，怎么也说不完。仿佛，只要我一个人明白了他，他就战胜了所有的……那些他所认为极其荒唐的事情一样。魏克，他多么渴望真正的交流！他像抓稻草一样抓住了一个如此不济的我！

男人女人，这个话题其实比其他的任何东西都谈得多。哦，让诗歌见鬼去吧。我无法接受的一个事实是，原来男人都不是像我们女人原先想的那样看待爱情的。魏克让我了解男人的真相。对于一个有着健康性取向的男人来说，魏克反问我，男人为什么不会爱上男人呢？男人为什么要爱女人？核心是性嘛！我的那么多的"一生一世""矢志不渝""刻骨铭心""心心相印"之类在他面前彻底被颠覆了；因为在他强大的事实与理论面前，我的那点女人的东西太苍白了，太不堪一击了。我在魏克面前，只能是失语。爱情她需要我们坚强，她催促女人成长，爱情使女人伟大。男人要经历很多女人才得以成长。对于这个问题，魏克坦陈，男人是不配受到赞美的，他们太丑陋了。唯有女性，美好的是女性，我们要赞美她们，她们像大海一样的包容，她们哭诉的一生，和与生俱来的苦难。他告诉我，这个主题一直是他想表达的，赞美女性，伟大的受难者。

我告诉他，尽管如此，我还是想保留对爱情的最美好的理解，最初的理解，如果一个女人怀疑爱情，那活着有什么意思？魏克看着我，他苦笑了，无奈地摇摇头，他说，正因为你一直有着这样的理解，所以你是美的。他祝福我找个好男人。我反问他，如你所说的，还有好男人吗？我又将他一军，他只是摇头苦笑。难道我就不能像你们男人一样，把角色颠倒过来，让你们男人痛苦吗？我再一次反问。看我认真的样子，魏克把脸拉下来，严肃地说，别，你千万不要那样，傻瓜，那样最终还是你自己痛苦，知道吗？呵呵，魏克他不知道，我是为了反对他观点本身而反对的，又是故意的。

像很多在南方混的人一样，魏克也过着一种来历不明的生活。他的身上有某种可疑的气息。这种气息使他看上去似乎有别于他人。我想，这就是他从来没有停止过思考，在不断的怀疑、接受，然后再否认之中去寻求一种精神和肉身的和解！他偏激、爱抬杠、喜欢争个赢，但又极易被别人命运中的苦难所击倒！这就是魏克，一个满怀悲悯的人！魏克有时会突然消失一段时间，当我在一个意想不到的时间里，会突然接到他的电话，我总是激动地说：啊，魏克，是你吗，真是你吗，真是太好了！跟安石榴打电话吧，我们仨喝酒去。

安石榴是魏克的朋友，混迹于广州、深圳。两个写诗的男人碰到一起喝酒，牛皮哄哄的，哦，整个世界就是他哥俩的。喝多了之后，每一次都无一例外地伤感，搞得欲哭无泪的痛苦模样，那样子挺煽情，我就使劲地敲桌子，喂，喂，刚才不是挺牛B的吗？我了解他们，现在他俩摊晾在那里，我触到的是他们真切的魂灵。他们孤独，渴望别人走进内心，但又莫明其妙地抗拒着。喝醉酒的男人是脆弱的，他们回归成一个孩子。

他是极少在我面前谈漫画的。他，魏克，男性，安徽肥东人氏，如果我跟他谈起所谓的"难道漫画就没有艺术性了?"这类的话题，肯定又会激怒他的。当然，魏克也不是"漫画没有艺术性"的观点持有者。全都是因为诗歌，全都是因为诗歌啊！

这样的文字是写给魏克的漫画的，天知道我都说了些什么！我只能说一个诗人去画漫画（这话是绝对不可以颠倒的）是诗歌的另一种表现形式。他的思考通过线条重新得以呈现出视觉效果。我不能多说了，说不定魏克不是这样想的，我这仅仅只是世俗层面的观点。他肯定会急得额头冒汗，花上几个小时来打倒我！

但是，我还是忍不住说，魏克，你的漫画一点都不好笑，一点都不，太严肃了，太残酷了，它们甚至让人感到压抑。当然，我要申辩的是，不好笑并不表示它们不好。真的，请你一定要相信我啊！

我一直是明白你的，魏克！

2003.11

2004，贴着皮肤的表达

南方的湿热。这让人无法适从的南方的湿热。阅读，总伴有轻微的眩晕感。睡眠，盗汗、颧红、白带异常。出行，总跟这样的关键词相关，汗液、狐臭和倦慵。还有心烦意乱。如果把散文写作归为这南方的湿热，我想，这不是虚妄的。

还有什么能平息我的坏脾气和我那感受不到任何实有的虚无感？我不想对什么抒情，也不想发表任何议论。我只想，慢下来，再慢下来。把自己编织在一个细节里，或一个词里，发现自己，看见自己，然后倾听并领会。

我关注瘦肉和芹菜的价格，缸里的米是否会生虫子。或者在任何不设防的情况下，我会关注些什么，最后被我看见或说出。

一种真正的贴近。我得俯下身来。类似于贴着皮肤的表达。

生病。咳嗽。我想我的亲人。我写出了《暗处行走的水》和《爱着你的苦难》。写完，自己泪流满面。

因为漂泊，我写下了《夜晚的病》、《一个人的房间》、《月末的广深线》、《漂泊迁徙及其他》，我试图让一种粘稠、潮湿而又性感的气味游荡在那里。我要让它是从我身上散发出来的一样。同时，我感受到汉语的奇妙，就摆在那里，它自己就会散发气味。

在相当一段时间里，我认为只有科学家才能写好散文，强调的是在一种专业性中达到一种自在自为的状态，那是一种绝对陶醉、忘我而旁若无人的写作状态，让人着迷。我举出的例子就是法布尔的《昆虫记》这本漂亮的散文集。于是，我开始写我的《说吧，珠宝》系列，但我认为自己并没有写好，这个系列，我要好好写。尽管我规避着所谓物散文概念这一提法。

2004年，我真正介入了散文的写作。写得不多，但在2005年之初，《散文》、《天涯》这两家杂志将要刊发我的散文。我没想到那么快，手上的散文几乎都发光了，一篇存货都没有。

有人跟我说，你现在要做的就是流水线的作业，做加法。对此，我想说的是，我几乎没有任何把握，我不知道什么时候我才愿意写，它极有可能会突然消失，总有一天，我会对汉语失灵。这就好像，我在电脑上敲出了一句话，而下一句我根本毫无把握一样。每一句是开始也是结束。

而我，很不喜欢类似建筑式的写作模式，事先都有着周密的设计。或者叫构思。

2005，我说不出什么。

2004. 12

为自己而写

我对这个世界有话说，我要表达，所以我写作。在这样的写作中，我可以实现为所欲为，对现实施暴，在这样的写作中，我看清并辨认出自己，我被完整地呈现出来：我是一个心怀大恶的人。我安排最可恨的人他的妻子被强奸我肆意掴某个混蛋的耳光我在文字里狠狠让自己出口恶气……

这样的文字被归类成散文。我并不清楚它有什么规则，什么标准。但是，我写，一定是现实的什么东西硌着我了，入侵我了，让我难受了，我写的，一定是必须要写的，因为这已经是一个生理问题了，不写，我会更加难受。一种被动的，生理的，需要被现实引爆的写作在我身上萌动起来。这些文字有原生的腥气，一个人的挣扎，喊叫，对抗，破碎，痛，旁若无人的表达，像一头野兽。

事物先介入了我，我的散文写作仅仅是对这一介入的回应。慢慢地，我发现我不仅仅是对原生态的记录、对事件的讲述，而是对破碎镜像的重组、对时空片断的蓄意拼合、对细节的共谋关系以女人的感知进行非理性处理，旨在完成对生存境况、陷入困境中的人、卑微的命运进行刻骨的描画。我说出了人面对欲望、厄运、人性弱点的立场、态度，面对自身所处的特定历史环境中的态度，并在这种挣扎的过程中表现出，人如何成其为人的。我说了"挣扎"二字，说明我是叛逆的，我是违规的，我对这个世界是抱有希望的，我是可以获救的。它是特殊的，却具备普遍意义。

这样的文字散发着生存场景的气味，这就是我们常说的在场和向下。在这样的情况下，我无情可抒并对诗意反动，我既没有闲情逸致去文化和哲学，也不会去明道或载道，那样的散文连我的生理问题都解决不了，更不消说精神的承担，它们是那样的弱！我的散文必然会有一种破碎的、混乱的、尖锐的气质。以原生的、向下的，非判断的特殊方式叙述和表现人、事物、事件固有的硬度，表现人对入侵物所作的反应，它是充满骨血的，有温度的，它是感知痛感的，它是肉躯正面迎接的，不能回避，不能闪躲，它是必须要说出的，由自发到自觉，它应该有一种明亮的、向上的力量，形而下的表达，形而上的意义。个体经验，看见并说出，并不是简单地抄袭现实，而是深入事物的本质，逼近内心，正视人自身的弱点，表现人坚挺的立场，人的精神锐利凸显。呈现真相的同时，更重要的是要表达人如何成为了人。这个人，是全世界都能读懂的人，没有界限，没有任何障碍。

我慢慢发现，这样的散文写作是慢慢消除身体黑暗使之走向澄明的过程，是一个人懂得爱的过程，生理上，这样的散文写作让我戒掉了坏脾气，让我安静。同时，我发现，对于平凡人生和卑微命运的人们，我感到自己对他们有着深深的热爱。

2007. 5

后 记

为自己的书写后记，实在是一件伤感的事情。仿佛是，为一段逝去的时光穿上干净的素服，再入了殓，等待着埋葬。坐在它身边的那个人，难免会再一次想起过往的纷繁、热闹，更多则是被命运苦苦追赶，逃离，仓皇失措的种种细节。像一个人再次抚着自己的肉身，就一小堆，小小的胳膊腿，还有脏器，骨头般干净，但至少出落得体面，安静。祝福塞壬。

报选题的时候，我忘了为自己的集子取一个名字，但集子第一章就叫做：下落不明的生活。选题通过后，它就成了这本书的书名了。后来我想，若叫我为自己的集子取个名字，还真是件费脑筋的事情。下落不明的生活，也许，没有比这个更准确了吧。略略地嫌硬，太悲凄，也太直接了，很残酷。我多么希望我的书名，柔美些，静娴些，或者女人气一些，自恋也好，撒娇一点也好。啊，不是谁都有那个命的。

我写得可真慢啊，四年才写了 12 万字。我大概至今没有弄明白什么叫做文学吧。一个人在外面漂泊，时间太多了，夜晚也太长了，为了不寂寞，就写字吧，然而，写字本身又是一件多么寂寞的事情。最初，我大概没有希图它能给我带来什么，也从不关心它的好坏。有一天，我把它贴在一个寂寞的网站，有一个人跟我说，你应该投稿。从此，发表似乎打破了最初的寂寞。很多人看到了我的文章。这世间，像我这般寂寞的人，原来有这么多啊。

我写，一定是现实的某些东西把我硌痛了，最初给人的印象是，我的文字特别的刚硬，像是铁质，表现出的是强烈的性格。当我再次看着这些篇章，以后来获得的书写经验再看这些篇章，塞壬啊，完全靠着生理的驱使，写得那样没有章法，野性，那样没遮没拦，用肉身和魂灵正面去写，不躲，不避，写得痛彻心扉。拙劣的手法，任凭那些破碎的继续破碎下去。我还没有学会在写文章中好好爱自己。我想这类文字在很多人的阅读视野中几乎定格了，但是，我无意去纠正和辩解。

我还是写了很多温暖的文字的。亲情。爱。但是一个痛字总是贯穿始终的。对爱的理解，我没有指责，我选择了承担。像一个容器那样地承纳。这样的人，在一个阳光初晴的上午，推窗看外面的纷扰世界和热闹，眼里就会有泪花花，感激来这尘世一遭，有着鲜活的体验。爱，是贴着心窝的那个牵挂，那个奔头，那个够不着的希望，要是被人拿走了，从此就是一个伤心的人，一个沉默的人。就像黄昏一个人走回家，被一片漆黑和冰冷笼罩，钥匙插进锁孔，那声音在内心被凄凉地放大，然后再回响，反复照亮一个人的孤单。要是生了病，亲爹和亲娘，就在梦里呼唤吧。

这又是被带到过去了，所以我唠叨个没完。看，我总是这样，说起过去的那些文章，要伤心好半天的。但这本书要出了，我要感谢太多的人，感谢东莞政府的资助（此书是东莞文广新局个人出书资助项目），感谢我的朋友们和老师们，我还要感谢一个人，她在我人生的最低谷鼓励了我，为了让我写下去，她跟我说，我们写文章比赛吧，紧接着，我很快写下了这篇《下落不明的生活》。这篇永远打下了塞壬印记的文章。

花城出版社推荐书目

世界文学大师纪念文库

普希金集	刘文飞	主编	45.00 元
陀思妥耶夫斯基集(上、下)	徐振亚	主编	68.00 元
爱默生集	范圣宇	主编	45.00 元
聂鲁达集	赵振江	主编	45.00 元

中国作家的精神还乡史

小说卷一　故乡	林贤治	肖建国	主编	42.00 元
小说卷二　边城	林贤治	肖建国	主编	40.00 元
小说卷三　黄金时代	林贤治	肖建国	主编	40.00 元
散文卷一　哀歌	林贤治	肖建国	主编	40.00 元
散文卷二　广场上的白头巾	林贤治	肖建国	主编	40.00 元
诗歌卷　旷野	林贤治	肖建国	主编	42.00 元

现代散文诗名著名译

地狱一季	(法)兰波著	王道乾译	10.80 元
巴黎的忧郁	(法)波德莱尔著	郭宏安译	12.80 元
夜之卡斯帕尔	(法)贝尔特朗著	黄建华译	12.80 元
博物志	(法)勒纳尔著	蔡惠廷译	9.80 元
泰戈尔散文诗选	(印)泰戈尔著	汤永宽译	18.00 元
拉丁美洲散文诗选	(智利)聂鲁达等著	陈实译	13.00 元

花城译丛

论宽容	(法)伏尔泰著	蔡鸿滨译	14.00 元
狄德罗的《百科全书》	(法)狄德罗著	梁从诫译	28.00 元
生命的悲剧意识	(西)乌纳穆诺著	段继承译	28.00 元
狱中书简	(德)卢森堡著	傅惟慈等译	22.00 元

花城谭丛

中国文字狱	王业霖著	16.00 元
中古文人风采	何满子著	22.00 元
旧日子,旧人物	散木著	26.00 元
灰皮书,黄皮书	沈展云著	26.00 元
嗲馀集	黄裳著	25.00 元
春泥集	陈乐民著	26.00 元
教科书外看历史	邵燕祥著	28.00 元
一个大众社会的诞生	钱满素著	23.00 元

紫地丁文丛

寻找家园	高尔泰著	20.00 元
白天遇见黑暗	夏榆著	18.00 元
我的心在高原	叶多多著	20.00 元
未完的人生大杂文	耿庸著	16.00 元
下落不明的生活	塞壬著	15.00 元

满天星文丛

捕蝶者	筱敏著	16.00 元
纸人笔记	苍耳著	16.00 元
最后一班地铁	聂尔著	20.00 元
书与心灵的互访	周春梅著	20.00 元

忍冬花诗丛

多多诗选	多多著	22.00 元
王寅诗选	王寅著	20.00 元
周伦佑诗选	周伦佑著	16.00 元
陈建华诗选	陈建华著	18.00 元
杜涯诗选	杜涯著	18.00 元
郑小琼诗选	郑小琼著	14.00 元

"文学中国"系列

2003:文学中国	林贤治　章德宁主编	32.00 元
2004:文学中国	林贤治　章德宁主编	32.00 元

2005：文学中国	林贤治	章德宁主编	30.00 元
2006：文学中国	林贤治	章德宁主编	32.00 元
2007：文学中国	林贤治	章德宁主编	34.00 元

"人文随笔"系列

人文随笔：2005 春之卷	林贤治	筱敏主编	18.00 元
人文随笔：2005 夏之卷	林贤治	筱敏主编	20.00 元
人文随笔：2005 秋之卷	林贤治	筱敏主编	20.00 元
人文随笔：2005 冬之卷	林贤治	筱敏主编	20.00 元
人文随笔：2006 春之卷	林贤治	筱敏主编	20.00 元
人文随笔：2006 夏之卷	林贤治	筱敏主编	20.00 元

"声音"系列

| 与正义有关 | 赵国君主编 | 30.00 元 |
| 农民！农民！ | 黄娟主编 | 18.00 元 |

其他

鲁迅语录新编	林贤治编注	16.00 元
鲁迅：刀边书话	林贤治编注	18.00 元
我是农民的儿子（散文）	林贤治编选	16.00 元
当时光老去（散文）	陈实著	14.00 元
定西孤儿院纪事（小说）	杨显惠著	25.00 元
夹边沟记事（小说）	杨显惠著	35.00 元
衣钵（小说）	尤凤伟著	20.00 元
希特勒万岁，猪死了！——政治笑话与第三帝国兴亡史		30.00 元

（德）鲁道夫·赫尔佐克著　卞德清　林笳　王霁译

邮购书籍，请将书款汇至：广州市水荫路 11 号花城出版社图书营销部
（邮编：510075），并在汇款附言中注明需购书籍的书名和册数。
查询电话：（020）37602819　37604658
欢迎登陆花城出版社网站：http://www.fcph.com.cn